소설동인 소주한병 테마소설집

곳 것거 산 노코

소설동인 소주한병 테마소설집

곳 것거 산 노코

초판 인쇄 2024년 09월 25일
초판 발행 2024년 10월 10일

저　　자 김진초, 이목연 신미송, 양진채,
　　　　　구자인혜, 정이수, 이선우
발 행 인 최한묵
발 행 처 도서출판 미소
등　　록 2013년 1월 24일 제 2013-000002

주　　소 인천광역시 미추홀구 토금남로 84, 203호
전　　화 032-887-3454
팩　　스 032-887-3455

ISBN 979-11-982432-7-0

· 잘못 만들어진 책은 교환해 드립니다.
· 저자와 출판사의 허락없이 책의 전부 또는 일부 내용을 사용할 수 없습니다.

소설동인 소주한병 테마소설집

곳 것 거 산 노코

김진초 이목연 신미송 양진채
구자인혜 정이수 이선우

미소

차례

꽃 꺾어 잔 수 헤아리며 / **소주한병**   06

일곱 명의 여작가 / **윤후명**   08

의심 바이러스 / **김진초**   10

맨발 / **이목연**   40

열차를 타다 / **신미송**   68

명자 / **양진채**   94

마지막 인터뷰 / **구자인혜**   122

개철수가 죽었다 / **정이수**   146

오후 두 시의 친절한 이웃 / **이선우**   170

소주 일곱 잔에 보내는 갈채 / **문광영**   198

꽃 꺾어 잔 수 헤아리며

한 잔 먹세그려 또 한 잔 먹세그려 곳 것거 산算 노코 무진무진 먹세그려.

정철의 장진주사다. 선비들이 울울한 대숲에 앉아 시담과 시정을 나누는 자리. 꽃가지 꺾어 잔을 세며 취흥을 돋우는 모습이 정겹다. 작품 하나 낳아놓고 나면 헛헛해지는 심정은 예나 지금이나 마찬가질 터. 사람이 그리웠을 것이다. 마음 나눌 친구가 반가웠을 것이다.

그런,

사람이 그리운 작가 일곱이 모여 『소설동인 소주한병』을 만들었다. 소설과 술을 앞에 놓고 꽃 꺾어 놓고 마시던 옛 풍류를 잇고자 했다.

그 달의 작품을 쓴 작가에게 먼저 술을 따라주었다. 작품 읽은 소감을 얘기하고 서로의 근황을 주고받으며 마시는 술은 때론 달고 때론 썼다. 그 달고 쓴 세월을 스무해나 함께했다. 이십 년을 쓰고 읽고 함께 여행했다. 우리가 걸어온 그 세월을 기념하고자 테마소설집을 기획했다.

  술은, 소주한병이란 이름에 담긴 숙명. 자연스레 소설집 소재가 술이 되었다.

  낭만과 풍류처럼 보이는 술이 흘러 닿는 곳에 대해 생각했다. 낮은 곳을 흐르는 물처럼 술 역시 아픈 곳, 깊숙한 곳을 향해 흐르는 걸 보았다. 닫은 입 열게 하고, 속엣말 하게 하고, 천 리 먼 길을 한달음에 닿게 하던 옛사람의 술이 아직도 건재함을 보았다. 기쁠 때, 분노할 때, 아프고 서러울 때 여전히 친구가 됨을 보았다. 그런 소설을 모아 엮었다.

  이제 우리를 위해 잔을 든다.
  곳 것거 산 놓는 풍류를 위해,
  다시 소설로 채워질 소주 일곱 잔을 위해 건배!

                              2024. 가을. *소주한병*

일곱 명의 여작가

윤후명 / 소설가

일곱 명의 여작가들과
초록색 등대를 바라보고 걸었다
위험을 알려주는 불빛이 반짝이도록
기다려야 했다
그러나 숲속에 가득 꽃핀 천남성은
사약死藥이 된다고 누군가 알려주었다
열 넷의 발길이 섬 밖으로 향하고 있었다
이들의 글은 내게도 경고가 되었다
글은 아름답게 가기 위한
사약을 알려준다는 것이다
먼 데서 이들을 싣고 갈 배가 오는 동안
나는 아름다움을 믿고 있었다

의심 바이러스

김진초

1997년 《한국소설》로 소설 등단. 소설집 『프로스트의 목걸이』 『노천국 씨가 순환선을 타는 까닭』 『시선』(장편소설) 『옆방이 조용하다』 『교외선』(장편소설) 『당신의 무늬』 『김치 읽는 시간』 『여자여름』(장편소설) 『사람의 지도』 『엄마상회』가 있음. 한국소설문학상, 인천문학상, 한국문협작가상, 인천광역시 문화상(문학 부문) 수상.

yoondangk@hanmail.net

의심 바이러스

"도와드릴까요?"

낯선 목소리에 정신이 번쩍 든다. 길거리다. 모르는 여자가 안타까운 표정으로 주춤거리며 내게 다가온다. 근데 이게 무슨 상황이지? 혹시 내가 기절했었나? 기억은 깔끔하게 끊어져 있다. 여기가 어딘지, 내가 왜 이곳에 있는지, 어디에서 여기로 왔고 어디로 가는 중이었는지, 내 앞에 나뒹구는 저 종이봉투들은 또 뭐고, 내가 무슨 이유로 여기 이렇게 쓰러져 있는지…… 모조리 암전이다.

여자가 급히 핸드백에서 꺼낸 휴대용 티슈를 한 움큼 내 손에 쥐어준다. 어서 얼굴부터 닦으라는 표정이다.

휴지를 쥐어준 여자는 곧바로 나를 외면한다. 외면하기 직전, 있는 대로 찡그린 얼굴이 먼저 보였다. 처참한 광경을 마주할 때 나오는, 온몸의 세포가 오그라들면서 쥐가 나는 듯한 바로 그 표정이다. 나는 얼굴에 휴지를 대기 전, 각오부터 한다. 엉망진창이구나. 도대체 얼마나 다친 걸까?

얼굴을 닦는데 코가 너무 아프다. 차마 문지르지 못하고 살짝살짝 피부에 접촉하면서 조심스럽게 닦았음에도 금세 휴지가 오염된다. 얼굴이 온통 피범벅에 흙 범벅인가 보다. 상체를 일으키긴 했으나 나는 아직 길가에 털퍼덕 앉아 있는 상태다. 아무래도 내가 엎어졌던 모양이다. 여자가 경찰서에 신고하는 소리가 들린다. 아아 기절하고 싶다. 여기서 달아나고 싶은 마음 간절하다. 무슨 이유로 여기 이렇게 쓰러졌는지 모른 채로 우선은 이 장소를 벗어나고만 싶다. 의식이 있다는 게 이렇게 불편할 줄이야. 창피하고 아프고 서럽다. 느닷없이 낯선 외계에 내동댕이쳐진 기분이다.

지나가는 사람은 별로 없다. 건너편으로 높은 빌딩들이 보인다. 시선을 끌어내리자 불빛 환한 편의점도 보인다. 여긴 어디고 나는 왜 이러고 있는가? 지금 시각이 밤인지 새벽인지도 모르겠다.

한창때는 블랙아웃을 종종 경험했다. 친구에게 업혀

들어오기도 하고, 택시기사가 파출소에 떠맡겨 순경이 집에 데려다주기도 했다. 집 근처를 몇 바퀴 돌아도 뒷자리에 쓰러져 깨어날 줄 모르던 나는, 새파란 20대의 나는, 동네파출소 단골취객이었다.

"학생, 술 좀 작작 마셔. 이러다 정말 큰일 난다니까. 양심적인 택시기사를 만나서 그렇지 만일 딴 맘이라도 먹었으면 어쩔 뻔했어?"

정말 운이 좋아 그랬는지 그렇게 취해 다녀도 불상사는 없었다. 세상이 유독 내게 너그러웠는지 아니면 내가 관우 상이라 그랬는지 알 수 없지만.

그렇게 취한 다음 날은 깔끔하게 블랙아웃, 정말 아무것도 생각나지 않았다. 어떻게 집에 들어왔는지 캄캄했다. 동네 순경들 신세를 그렇게 졌으면서 나는 정작 그 순경들 얼굴을 모른다. 그들은 나를 알아보겠지만. 해서 맑은 정신일 땐 경찰이 보이면 지레 피해 다녔다.

어느 여름날 길 잃은 할머니를 버스정류장에서 만났다. 대지가 달궈지는 초여름이었다. 보글보글 짧은 파마머리의 할머니는 코에 송송 땀을 매단 채, 땡볕이 고스란히 내리쬐는 벤치에 무심히 앉아 있었다. 그늘로 자리를 옮길 의사도 버스를 탈 의사도 없어 보이는 이상한 할머니였다. 할머니에게 관심이 간 건 모자 때문이다. 가만 보니, 할머니 모자가 방한용 털모자였다. 그제야 할머니께 다가갔다.

"할머니, 어디 가세요?"

할머니는 이맛살을 찌푸린 채 만사 귀찮다는 표정이었다.

"그럼 할머니, 어디서 오셨어요?"

"집."

집이란 말을 하면서 할머니 표정에 안도감이 얼핏 스쳤다.

"집이 어딘데요?"

할머니가 근처 어디 사나보다 생각한 나는 집에 모셔다 드릴 참이었다.

"구월동."

거긴 너무 멀었다.

"근데 왜 여기서 내리셨어요?"

아무 생각 없이 남이 내리니까 할머니가 따라 내리셨나보다 생각했다.

"아침부터 그냥 쭈욱 걸어왔어. 힘들어서 쉬었다 가려고."

"어디 가시는데요?"

"딸네 집."

따님 댁이 이 근처면 모셔다 드리려 주소를 물어보니 당신과 같은 구월동이었다. 집에서 조금만 걸어가면 되는 거리인데 늙어서인지 힘들다며 다리를 주무르는 할머니를 보며 시계를 보았다. 오후 1시 가까운 시각이었다.

구월동에서 가좌동은 걸을 수 있는 거리가 아니었다. 도대체 몇 시에 집을 나와 여기까지 걸어오셨을까? 물은 드셨을까? 나는 가방에서 생수를 꺼내 뚜껑을 따 드렸다. 배시시 웃으며 물병을 받아든 할머니는 착한 아이처럼 꼴깍꼴깍 물을 넘겼다. 서두르지 않고 천천히 일정한 간격으로 삼켰다. 꿀렁이는 할머니의 목울대를 보며 나는 동네 파출소에 전화를 걸었다. 저만치 경찰차가 나타날 때 나는 재빨리 모습을 감췄다. 혹시라도 날 알아볼 순경들 볼 면목이 없어서.

"뭐 잃어버린 건 없으세요?"

여순경의 물음에 나는 당황했다. 용케도 잘 피해 살아왔다 싶었는데 드디어 나도 험한 세상에 편입해 퍽치기를 당한 걸까? 불시에 면상을 얻어맞고 이 꼴불견이 된 걸까?

"잘 모르겠어요."

아무것도 생각나지 않는다고 하자 여경은 아직도 내 팔에 걸려 있는 핸드백을 열고 지갑이며 소지품을 점검했다. 다행히 잃어버린 건 없었다.

"제가 이쪽으로 걸어오다 봤는데요. 이분 혼자 넘어졌

어요. 주변에 아무도 없었어요."

신고해 준 여자가 말했다.

"주왕모 씨, 걸으실 수 있겠어요?"

아, 내 이름이 주왕모구나. 주왕모란 내 이름이 새삼 낯설고 신기하다. 근데 내가 여경에게 이름을 밝혔던가? 아니면 지갑에서 신분증을 보았나? 방금 전 일도 분명치 않다. 이러다 바보 되는 건 아닌지 불안하다. 무엇보다 뇌를 다쳤을까 걱정이다.

여경의 부축을 받고 경찰차에 오르자 안도감이 밀려온다. 잠이 쏟아진다. 실은 잠보다 더 깊은 기절의 세계로 빠져들고 싶다. 이 모든 상황과 작별하고 싶다. 아, 아무것도 모르고 싶다. 다 비켜가고 싶다. 내가 깨어났을 때 모든 상황이 죽 떠먹은 자리처럼 정리되고 나는 멀쩡하게 일상으로 돌아가 있으면 얼마나 좋을까.

"술 드셨지요?"

여경의 질문에 당황한다. 내가 술을 마셨던가? 누구랑? 어디서? 내 앞에 쳐진 캄캄한 장막은 걷힐 기미가 없다.

"글쎄요."

"그것도 생각 안 나세요?"

한심하다는 여경의 표정에 기분이 상하지만 달리 할 말도 없다. 가능하면 빨리 이 모든 상황에서 벗어나고 싶을 뿐이다.

병원은 가까이 있었다. 경찰차를 타고 응급실까지 가는데 5분도 안 걸렸다. 병원 입구를 들어서면서야 여기가 어딘지 알았다. 주안역 부근이다.

"보호자가 있어야 하는데 누굴 부르시겠어요?"

이 모양을 해가지고 누굴? 일단 남편은 패스하고 이모를 생각했으나 그것도 못할 짓이다. 혼자 사는 노친네, 말벗은 못해줄망정 걱정을 끼칠 수는 없는 터라 우물쭈물하는데 여경이 휴대폰을 달라고 한다. 그리곤 대뜸 전화를 걸어 내게 내민다. 지영이다. 역시 여경의 촉은 다르다. 내 휴대폰의 최근 통화내역을 열어 지영과 연결한 것이다.

"잘 들어갔어? 나는 거의 다 왔는데."

지영의 목소리를 듣는 순간, 해제되는 블랙아웃. 동암역 북광장 추억의 빨간 오뎅이 선명하게 소환된다.

오늘 지영과 빨간 오뎅을 먹고자 만났다. 한때 우리는 빨간 오뎅 마니아였다.

동암역 북광장이 정비되기 전, 그곳은 포장마차 천국이었다. 매일 오후가 되면 오뎅을 위주로 김밥, 순대, 튀김, 닭꼬치 등을 파는 포장마차가 어깨를 겯고 늘어서 입맛 다시는 풍경을 연출했다. 고교 절친인 우리는 입시 스트레스를 빨간 오뎅으로 풀었다. 학원이 끝난 늦은 밤, 빨간 오뎅은 온종일 국물에 팅팅 불어 입시생인 우리처럼 흐물거렸다. 꽃게, 다시마, 멸치, 무 등 부재료 맛이 종일토록 우러나고 스며들어 하루 중 최고의 맛을 자랑하는 흐물거림이었다. 굳이 씹지 않아도 미끄러지듯 넘어가는 팅팅 불어터진 오뎅을 우리는 씩씩대며 전투적으로 먹어치웠다.

 빨간 오뎅 국물은 몹시 매웠다. 급히 마시면 곧바로 기침이 쏟아지기 때문에 천천히 야금야금 마셔야 했다. 달고 시원하며, 맵고도 개운한 오뎅 국물을 한 모금 넘기면 목이 메었다. 목구멍이 갑자기 좁아지면서 컥, 헛기침이 나왔다. 목젖을 둘러싸고 있는 피부를 젤리처럼 끈적한 타액이 에워싸면서 목구멍이 삽시간에 좁아졌다. 그것은 가래가 가득 차는 느낌에 다름 아니었다. 빨간 오뎅을 먹고 나면 골목에 들어가 가래를 칵칵 뱉었다. 가래는 좀처럼 뱉어지지 않았다. 우리는 서로를 바라보며 깔깔대다가 흠흠 헛기침을 하며 침을 삼켰다. 몇 번에 걸쳐 침을 삼키면 목구멍에 배수진을 친 끈적한 물질이 넘어가면서 목구멍이 활짝 넓어졌다. 입시지옥에 시달리던 우리에게 빨간 오뎅은 가학적인 위로였다. 피라미드처럼 좁아지는 세상의 예행연습이었다. 삼키거나 뱉거나 둘 중 하나만 선택해야 하는 인생을 빨간 오뎅을 통해 배웠다.

대학 때문에 갈라진 우리는 빨간 오뎅이 생각나면 동암역에서 만났다. 낭만적이던 포장마차촌이 역 광장 정비를 이유로 사라졌을 때 우리는 마치 외갓집이라도 잃어버린 양 멘탈이 붕괴됐다. 허전하고 화가 나서 탁상행정하는 구청 욕을 심심하면 해댔다. 게다가 정비라고 한 것이 포장마차가 들어서지 못하게 쇠말뚝을 여기저기 박아놓는 정도였다, 당연히 미관상 좋지 않았다. 결국은 말만 정비지 포장마차를 쫓아내는 작전이었던 것이다. 동암역 명물 포장마차촌은 그렇게 허무하게 역사 속으로 사라졌다. 포장마차촌이 사라진 동암역은 아무 매력이 없어 저절로 발길을 끊었다.

인사동 포장마차는 떴다방처럼 구청에서 철거반이 나오면 재빨리 판을 접어 사라졌다가 철거반이 지나가면 겁도 없이 바로 돌아와 그 자리에 판을 벌인다. 철거반이 한 번 지나가면 그날은 다시 오지 않는다는 불문율 때문이다. 밟고 지나가도 언제 밟혔냐는 듯 곧바로 일어서는 잡초가 인사동 포장마차였다. 하지만 동암역 포장마차는 말뚝에 길이 막혀 영영 재입성을 못 하고 말았다. 말뚝을 심은 광장이라니? 지구상에 전무후무한 일이지 싶다. 그 말뚝은 무슨 백을 가졌는지 아직도 뽑히지 않고 흉물스럽게 버티고 서서 행인들의 진로를 방해한다.

포장마차촌이 사라지고 한참 뒤, 동암역 북광장 왼편 상가 1층에 '빨간 오뎅'이란 가게가 들어섰다. 날마다 부산에서 공수해 온 오리지널 부산어묵으로 만든다더니 맛이 제법이었다. 게다가 상호마저 '빨간 오뎅'이라 어찌나 반갑던지 나는 바로 지영에게 전화를 걸었다. 동암역에서 만나자고. 거기서 만나야 할 이유가 생겼다고.

　나는 우울한 날이면 동암역에 간다. 혼자서도 잘 간다. 가게 안에 홀이 있지만 빨간 오뎅은 서서 먹어야 제격이다. 일부러 그곳에 찾아왔으면서도, 지나가던 행인처럼 가벼운 자세로, 기다란 막대기에 꼬불꼬불 주름 잡힌 어묵을, 옷에 묻지 않게 조심하면서, 단지 입으로 위치를 옮겨가며, 조신하고도 능수능란하게 먹어치운다. 입이 매우면 맑은 국물도 한 국자 떠서 마시면서 자유롭게 먹는다. 다 먹은 뒤, 빈 막대기만 세서 계산하면 되니 주인도 손님도 간단하다. 우울해서 혼자 간 날은 두어 개 먹으면 더는 못 먹는다. 그걸 먹자고 거길 찾아간다. 마음 당기는 날이면 비가 와도 가고 눈이 와도 간다.

　그렇게 갔다가 허탕 치는 날도 있다. 그렇다고 오뎅 두어 개 먹자고 가게가 문 열었나 확인하는 것도 우스꽝스러워 복불복이라 생각하고 그냥 간다. 실은 아직까지 그 가게 전화번호도 모른다. 생각날 때 무작정 나설 뿐이다.

지영이도 나랑 똑같다. 원룸을 얻어 서울에서 사는 지영은 빨간 오뎅이 먹고 싶어야 본가가 있는 인천에 내려온다. 부모님이나 동생보다 빨간 오뎅이 우선이다. 어느 땐 전철 타고 내려와 빨간 오뎅만 먹고 바로 올라가기도 한단다. 마치 입덧이라도 하는 양, 못 먹으면 죽을 것처럼 발광을 하고 밤잠을 설치게 되니 그렇게라도 다녀간다는 말에 우리는 손뼉을 마주치며 방방 뛰었다.

빨간 오뎅 십여 개를 삽시간에 해치운 우리는 와인바로 자리를 옮겼다. 술을 즐기지 않는 지영 때문이다. 술꾼은 자리를 탓하지 않지만 술꾼이 아닌 사람은 분위기가 중요하다. 나는 양주도 와인도 맥주도 별로고 소주가 최고다. 그럼에도 오늘은 지영에게 양보했다. 우리 둘이 만나면 술은 내 위주로, 안주는 지영 위주로 골랐는데 오늘은 무슨 변덕인지 선택권을 몽땅 지영에게 넘겨주었다. 와인이 문제를 일으켰나? 주종이 바뀌어 몸이 교란을 일으켰나? 사실 소주는 서너 병을 마셔도 끄떡없지만 와인은 한 병만 마셔도 취기가 오래가는 편이라 와인에 혐의가 간다.

"지영아. 미안하지만 집에 아직 안 들어갔으면 여기로 와라. 지금 당장!"

총알같이 달려온 지영에게 나를 인계한 여경은 바로 사라졌다.

"왜? 어쩌다 이렇게 됐는데?"

지영은 내게, 도대체 누구한테 맞은 거냐고 반복해서 물었다. 보다 못한 간호사가 끼어들었다.

"폭행사건이면 경찰이 저렇게 가지 않지요. 이것저것 조사할 게 많으니까 말이에요."

엑스레이와 CT를 찍고 다시 의사 앞에 섰다.

"코뼈가 부서져 주저앉았습니다."

생각보다 간단히 응급치료만 하고 손을 놓은 당직의사는 전혀 심각하지 않은 얼굴이었다. 남의 코니까 부서지든 아프든 상관없나 보다. 거울을 보니 눈가와 인중도 상처가 심했다. 입원절차를 밟겠거니 생각하는데 일단 그냥 집으로 돌아가라 했다. 지영과 나는 약속이나 한 듯 동시에 소리를 질렀다.

"정말 이대로 가라고요?"

병원에서 간단히 쫓겨났다. 콧등과 부풀어 터진 입술에 겨우 반창고만 붙이고, 멍든 눈망울을 한 채로 쫓겨났다. 남편이나 애인한테 얻어맞은 듯한 부끄러운 꼴을 하고 거리로 쫓겨났다. 구정을 이틀 앞둔 날이다. 내일부터 구정휴가라 병원은 응급실 당직의사만 있었다. 당연히 이비인후과 전문의는 없었다. 때문에 CT 찍은 것도 연휴가 끝난 뒤라야 판독 결과를 알 수 있다고 했다.

"왕모야, 넌 환자 운도 더럽게 없다."

환자도 복이 있어야 한다. 연휴 때 다치면 최악이다. 얼른 설날연휴가 끝나고 정상 운영되길 기다리는 수밖엔 달리 도리가 없다. 목숨을 다투는 환자가 아닌 바에는 어느 병원이고 다 환자 취급도 않을 것이다.

지영의 말에 고개를 끄덕이며 웃었다. 웃으니 상처 부위의 통증이 장난 아니었다. 웃으면 안 되는데 생각할수록 웃음이 났다. 이유를 알 수 없는 사고도, 환자 운이 없는 오늘의 운세도 웃기는 일이다. 나는 웃으면서 울고, 지영이는 울면서 웃었다.

-오늘 하루 단념하자. 뭘 해도 안 되는 날이다. 엎친 데 덮치는 운세다. 오늘 같은 날은 집에 가만히 누워 있는 게 상책이다.

아침에 본 오늘의 운세다. 재미로 보는 거라 개의치 않았는데 놀랍다.

의사는, 얼굴뼈 손상 중에서 코뼈 골절이 가장 흔하다고 했다. 코는 얼굴 중심에서 돌출된 데다가 다른 골격보다 약해서 그렇다고 했다. 대체로 과격한 운동이나 낙상 혹은 폭력사고로 발생하는데 음주와도 무관치 않다며 빙그레 웃던 의사. 그도 분명 여경처럼 술 냄새를 맡았을 것이다. 그런 식으로 한심한 환자한테 한 방 먹이면서 남들은 다 노는 설 명절에 당직을 맡은 화풀이를 하는 걸지도.

지영이 소맷자락을 잡아끌어 자기 집으로 데려갔다. 남편에겐 모처럼 지영이네서 자고 간다고 문자를 넣었다. 미리 전화를 넣었지만 막상 내 모습을 본 지영의 부모님은 벌린 입을 다물지 못했다. 죄송스럽고 무안한 나머지 사내아이처럼 꾸벅 인사를 한 뒤 지영의 방으로 도망치고 말았다.

와글와글한 머리로 오늘 하루, 정리를 해보려 애쓰다 포기하고 잠에 빠진다. 어차피 이렇게 된 거 정리한다고 달라질 것도 없다. 몰려오는 피로감부터 해결하는 게 순서지 싶어 못 이기는 척 수마에 끌려간다. 지영이가 뭐라고 얘기를 하지만 대꾸도 못하겠다.

"어머어머 얘 봐. 너 자는 거야?"

염치없이 수마에 꺼들려 들어갔다가 눈을 뜬 시각은 새벽 1시. 통증 때문에 깨어났다. 코는 욱신거리고, 목젖은 부어올라 침도 안 넘어가고, 목은 젖힐 수 없고, 숨은 제대로 쉬어지지 않고, 골은 지끈거리고, 아무튼 총체적 난국이었다. 거울을 보니 골절된 코보다 왼쪽 입술이 잔뜩 부푼 게 더 가관이다. 정말 누구한테 맞은 거 아닐까? 나를 노린 누군가가 취한 나를 뒤쫓아 와 작정하고 린치한 거라면?

그런데 이럴 때 왜 하필 남동생이 떠오를까? 생전처음 손을 내민 남동생한테 내가 정말 너무했다. 꿈에 부푼 동생을 도와주기는커녕 재만 뿌렸으니까.

"넌 사업할 그릇이 안 돼. 그냥 월급쟁이가 딱이라고. 사업은 아무나 하는 줄 아니? 차라리 올케랑 동남아 가서 바람이나 쐬고 와라. 누나가 경비 일체 대줄게."

빌려줄 돈이 없다고 핑계를 대는 게 낫지 그건 아니었다. 너무한 거 같아 밥이라도 먹자고 전화를 여러 번 넣었지만 연결되지 않았다. 나를 피하는 거다. 응원해 줄 거라 철석같이 믿었던 사람한테 그렇게 당했으니 보통 상처겠는가. 당해도 싸다. 만의 하나, 내 동생이 나를 이렇게 만들었다면 기꺼이 접수하겠다. 내성적인 동생 성향으로 봐서 소심하게 뒤에 숨어서 화풀이나 할 위인이니까.

수업태도가 안 좋은 아이를 몇 번 벌세웠는데 부모가 찾아와 길길이 뛴 적이 있다. 자기네 아이는 자폐증도 ADHD도 아니라며 과민반응이었다. 산만해서 잠시도 가만히 있지 못하던 그 아이는 친구들과도 자주 싸웠다. 그 아이가 친구들 사이에서 왕따가 된 걸 나도 한참 뒤에야 알았다. 그 부모는 담임이 태만해 아이의 증세가 심해졌다며 나를 못살게 굴었다. 그 말은 아이에게 ADHD증상이 있다는 얘기였다. 그 부모는 결국 아이를 캐나다로 유학 보내고도 분이 안 풀리는지 계속 내게 책임을 물었다. 초보 교사 때의 일이다. 그 아이가 돌아왔다는 소식을 들었다. 유학에 성공하지 못했다는 후문이다. 쇠심줄처럼 질긴 그 부모가 나오는 악몽을 가끔 꾼다. 그들이라면 내게 무슨 짓을 저지르고도 남지 싶다.

아, 남편. 내 남편은? 남편도 안전하지 않다. 남편과 각방을 쓴 지 오래다. 못 견디겠다 싶은 밤 남편은, 우리가 딩크족이지 섹스리스는 아니라며 사정사정하지만 나는 꿈쩍도 않는다. 아이도 안 만드는 남편한테 즐거움을 주기 싫어서다. 벌을 주기 위해서다.

나는 섹스를 즐기는 형이 아니다. 즐겁기 위한 절차가 너무 복잡하고 까다로워 오르다 지치기 때문이다. 한입에 쏙 들어가는 딸기 하나 따먹기 위해 50미터 나무를 맨몸으로 기어오르는 기분이다. 그러고도 종종 이기적이 되는 남편 때문에 나 혼자 애쓰다가 허무하게 중간에서 미끄러지기도 한다. 그런 남편이니 외면당할 만하지 않는가.

하지만 가끔은 켕긴다. 남자들은 밤의 욕망을 채우지 못하면 짐승이 된다는데 언제 터질까 몰라서다. 해서 나름의 룰을 가지고 남편을 조율한다. 유치하게도 남편이 예쁜 짓을 했을 때 보상으로 방문을 연다. 내 방문이 열리지 않을 때마다 치사하다며 이를 갈던 남편도 후보에 올려놓는다.

아니다. 다 소용없는 일이다. 이게 다 무슨 소용인가.

쓸데없는 시간 낭비다. 아무 이유도 없이 불특정다수에게 폭행을 휘두르거나 살인을 저지르는 일이 비일비재한 세상, 논리가 무의미한 시대 아닌가 말이다.

과정보다 결과의 시대다. 나는 코뼈가 나갔고, 지금 숨을 쉬기 어렵고, 내 집이 아닌 친구의 집에서 한밤중에 잠이 깼다. 남의 집이라 아무것도 할 수가 없다. 화장실 이용하는 것도 조심스럽다. 잠은 안 오고 불을 켜기도 그래서 스마트폰으로 검색만 한다.

코뼈 골절은 흔하디흔하다. 운동하다가 다치거나 교통사고로 코뼈가 나가는 건 기본이고, 친구와 장난하다 머리에 부딪쳐 코뼈가 나가고, 베란다로 나가는 유리창에 부딪쳐서 코뼈가 나가고, 길을 걷다가 넘어져 코뼈가 부서지고, 책상 모서리에 코를 박아서 나가고, 욕실에서 넘어져 코뼈가 나가고, 자기 집 거실에 누워 있는데 아이가 휴대폰을 떨어뜨려 코뼈가 나가고, 하여튼 이유도 다양하다.

중요한 건 코뼈가 나가면 엄청나게 아프다는 사실이다. 코뼈 골절은 살짝만 움직여도 부서진 뼈가 흔들리면서 골막에 자극을 주므로 통증이 심할 수밖에 없다고 한다. 호흡이 어려운 건 콧속의 붓기 때문이기도 하지만 코뼈를 바로잡느라 이물질을 넣어서이기도 하단다. 잔뜩 부푼 입을 벌리고 후후, 짧게 숨을 쉬자니 생각할수록 한심하다.

 막막하고 캄캄한 가운데 희고 길쭉한 내 손이 보인다. 넷째손가락이 길다.

 그런데 왼손에 낀 반지가 보이지 않는다. 지난 생일에 남편이 끼워준 탄생석반지다. 오늘 반지를 빼고 나왔던가? 기억이 안 난다. 아침에 남편이 화장실에서 나오면서 한 시답잖은 말만 기억난다.

 "당신, 넷째손가락 길지?"
 "그게 뭐?"

 내 손가락은 약지가 중지와 거의 비슷하다. 검지가 약지보다 긴 남편과는 정반대로.

 "손가락 길이는 태아 때, 자궁 속에서 결정되는데 에스트로겐의 영향을 더 받으면 둘째손가락이 길고, 테스토스테론의 영향을 더 받으면 넷째손가락이 길어진다네."

 화장실에 오래 있으면서 검색했나 보다. 검지가 긴 사람은 우뇌형으로, 여성스러우며 감성, 공감성, 예술성, 언어, 정리정돈이 발달한 반면, 약지가 긴 사람은 좌뇌형으로 남성스럽고, 이성이 발달하며, 논리, 공간, 지각, 수리, 운동능력이 좋다는 얘기였다.

 "그래서 뭐? 새삼스럽게 내가 여자답지 못하다고 태클 거는 거야?"

나도 모르게 목청이 높아졌다.

"우리 여보가 또 왜 이러시나. 당신 대신 내가 정리정돈 잘해주는 게 싫어?"

남편은 아예 집 안에 들어앉아 살림만 하고 싶은 눈치다. 내 입에서 관두라는 말만 떨어지면 당장 회사를 때려치울 기세다. 그것도 나쁘지 않지만 아직은 아니다. 난 오래도록 여행을 하고 싶다. 같이 벌어야 가능한 일이다. 아기자기한 걸 좋아하고, 집에서 청소하거나 정리정돈하길 좋아하는 남편은 여행하고 거리가 멀다. 그것도 마음에 든다. 내가 나설 때마다 따라나서면 그것도 못 견딜 일이다. 나 혼자 떠났다가 돌아올 때 알맞은 선물만 가져오면 남편은 불만이 없다. 우리 부부가 건재한 이유다. 가끔 나는 어딘가 여행을 떠났다가 남편 몰래 아이를 낳아오면 약속 위반이라며 남편이 잠시 화를 내다가 자기가 맡아 육아를 할 것만 같은 생각이 든다. 나보다는 남편이 육아도 잘할 것이다. 하지만 남편은 2세를 원치 않는다. 말도 꺼내지 못하게 한다.

"나는 너로 충분해. 너도 나로 충분하다면 결혼하자."

남편의 결혼 조건이었다. 남편은 복잡한 게 싫다고 했다. 삶도 가족도 단출하길 원했다. 나는 곱상한 남자가 좋다. 남편은 호리호리하고 예뻤다. 우리 집 화초는 내가 아니라 남편이다. 처음부터 그랬다. 남편은 날 믿음

직스러워했고 나는 남편이 귀엽고 사랑스러웠다. 남편은 내게 관우 상이라 했다. 그래서 좋다고도 했다. 내가 남편을 선택했다 생각했는데 남편이 나를 선택했는지도 모르겠다. 체격이 크고 네모진 얼굴에 시원시원한 나를 자기가 기댈 사람으로 점찍었는지도.

"야, 그거 너한테 업혀가자는 속셈이야. 그래도 괜찮아?"

지영의 펄쩍 뛰었다.

"괜찮아. 업고 가지 뭐. 이쁘잖아. 꽃구경 값이라 생각하면 돼."

세상살이는 남거나 밑지거나 둘 중 하나다. 여기서 남으면 저기서 밑지고 저기서 밑지면 여기서 남게 돼 있다. 채신머리없이 일희일비할 일이 아닌 것이다.

"미친! 그치만 맞긴 맞네. 너 관우 상 맞어."

어려서부터 장군감이란 소릴 들었다. 성격도 망설이기보다 지르는 형이긴 했다. 그래도 생긴 것과 달리 감수성이 발달해 골똘히 느끼는 걸 좋아했다. 절친 지영이마저 관우 상에 동의하자 기분이 떨떠름했다.

게다가 지영은 이따금씩 관우 상을 들먹이며 나를 시험하곤 했다. 관우 상이 졸보처럼 셈을 하면 되냐는 둥, 관우 상이 시시하게 왜 우냐는 둥, 관우 상이 겁내는 건 처음 본다는 둥. 남편과 셋이 만났을 땐 더욱 관우 상을 들먹였다. 가끔은 셋이 만나기도 했다. 갑자기 사정이 생겨 내가 빠지면 둘이 만났다. 남편도 지영도 술을 좋아하지 않는다. 그 둘이 뭘 하며 시간을 보내는지 나는 모른다. 물어본 적도 없다. 궁금해 하면 분명히 또 그럴 것이다. 관우 상이 시시하게 뭐 그런 걸 물어보냐고.

왜 지영은 제외시켰을까? 은근히 날 부러워하던 지영도 충분히 가능성이 있다. 아는 사람이 더 무서운 세상이다. 친구 남편과 놀아나는 여자들 중에 지영이 포함되지 말란 법도 없다. 왜 한 번도 그런 의심을 안 했을까? 지영은 나와 180도 다른 외모의 여자다. 더구나 자유로운 미혼 아니던가.

나는 동암에서 지영과 놀다가 택시를 타고 지영을 동인천 집에 데려다준 뒤 귀가할 생각이었다.

"왕모야. 넌 주안에서 내려 택시로 가고 난 동인천에서 내려 걸어가면 되니까 걍 전철 타자."

동암에서 주안은 두 정거장이다. 사실 나는 택시를 동암에서 타나 주안에서 타나 요금이 비슷하다. 굳이 전철을 타고 주안까지 갈 이유가 없는데 뭐에 홀렸던 걸까? 애초 생각대로 그냥 택시를 타고 지영을 내려주고 집으로 갔다면 이런 불상사는 없었을 것이다. 머리가 띠를 두른 모양으로 지끈거리고 콧등이 너무 아파서인지 자꾸 핑계를 찾는다. 관우 상답지 못하게.

혹시 지영이가 주안에서 내린 나를 뒤따라와 린치를? 기가 막혀 큭큭 웃는다. 오랜 우정이 금가는 상상을 지영이가 알아챘는지 몸을 뒤척이며 부스스 일어난다. 눈도 안 뜬 지영이가, 더 자지 않고 왜 벌써 일어났느냐고 하더니 찡그린 짝짝이 눈으로 나를 보고 씩 웃는다. 내 모습이 웃기긴 웃긴가 보다.

"너, 아픈 애 맞어? 어쩌면 그렇게 코까지 골며 달게 자냐?"

코를 골았다고? 그건 아니다. 콧속을 이물질로 막아서 입으로 숨을 쉬느라 그랬던 거다. 목젖이 부풀어 뻐근하게 아프다.

"우리 아빠가 그러는데 너 린치당한 거 아니래. 넘어진 거 맞대."

지영이 아빠는 태권도장 관장이다. 내 얼굴을 본 지영이 아빠가 웃으며 그랬단다. 주먹으로 맞으면 곱게 코뼈만 나가는 게 아니라 치아나 광대도 주저앉는다고. 이젠 왕모도 술을 못 이기나보다고. 술을 못 이기면 삼가야 할 때라고.

"야, 그나저나 너 그 얼굴로 어떻게 시댁에 가냐?"

지영이 걱정스런 얼굴로 내 얼굴을 들여다본다. 지영과 눈을 못 맞추겠다. 잠시 전 지영을 린치 후보에 올려놓았던 걸 알면 기절할 것이다.

김진초 | 의심 바이러스

"우리 시댁 어른들 멋쟁이야. 신정 때 차례 지내고 구정엔 가족여행 가. 이번엔 우리가 빠졌는데 거기 갔으면 다치진 않았을 걸, 괜히 꾀부리다가 벌받았네."

말은 그렇게 했지만 그건 아닐 거다. 사고는 주인을 찾아다니는 법이니까. 그 시간 그 장소를 귀신같이 찾아내니까. 내가 중학교 때 성수대교와 삼풍백화점 붕괴가 8개월 시간차를 두고 연이어 일어났다. 그때 산 자와 죽은 자의 운명의 갈림길은 애어른 없이 얘깃거리였다. 죽을 사람은 아무 연고 없이도 죽을 자리를 찾아가고 살 사람은 무슨 이유를 붙여서라도 그곳을 빠져나온 사례가 차고 넘쳤다. 그걸 보며 엄마가 그랬다.

"팔자 도망은 못한다고 우리 먼 친척 중에도 그런 일이 있었다. 그해 토정비결에 물에 빠져 죽을 운이 있어 한여름에도 물가엔 못 가게 했는데, 결국은 접시 물에 빠져죽더구나."

말이 그렇지 설마 접시 물에 빠져죽을까? 말도 안 된다고 생각했는데 접시 물에 빠져죽기도 하는 게 인생이다. 간질병이 있던 아이가 세수를 하다 대야에 엎어져 익사했던 것이다. 대야의 물을 마신 아이의 배는 풍선처럼 부풀었고.

나는 대체로 잘 피해 가는 편이다. 북유럽 여행에서 돌아오는 비행기가 헬싱키 공항을 이륙하자 아이슬란드

화산이 폭발했고, 쓰촨성 지진도 한국에 도착한 아침에 알았다. 뉴스에 나오는 호텔이 내가 묵던 호텔이고 울면서 피해를 설명하는 여자가 얼굴이 기억나는 호텔 리어라 두고두고 가슴이 아팠다. 남편과 같이 길을 가다가 남편이 먼저 횡단보도를 건너고 나는 아직 이쪽에 남아 있는데 지나가는 소나기가 하필이면 남편이 건너간 쪽으로만 시원하게 쏟아져 남편만 볼품없이 홀딱 젖기도 했다.

그런데 이젠 드디어 내 차롄가?

아무리 그래도 절친 지영을 후보로 올린 걸 보면 나도 맛이 갔다. 하지만 마치 근처에 있던 것처럼 지영이 빨리 병원에 도착한 것도, 내 의사를 묻지도 않고 제 집으로 데려간 것도 수상하다. 생각해보니 그 여자도 유력한 후보인데 간과했다. 내게 다가와, 도와드릴까요? 물었던 그 여자 말이다. 치명적인 실수다. 나를 병원에 데려다 준 여경을 찾아가서 그 여자가 누군지 알아볼까 생각하다 미쳤군! 머리를 흔든다.

잠깐 새에 내가 병들었다. 의심 바이러스에 점령당했다. 초등학교 몇 학년 때였더라? 성적표에 담임 소견이 이렇게 써 있었다. '의심이 많고 의욕이 많아 다방면으로 활발하나 실수가 잦다.' 그 성적표 때문에 의욕이란 단어를 사전에서 찾아보았다. 무엇을 하고자 하는 적극

적인 마음이나 욕망이 의욕이다. 다시 욕망을 찾아보았다. 부족을 느껴 무엇을 가지거나 누리고자 하는 마음이 욕망이다. 의심은 별로 좋지 않은 뜻일 텐데 왜 그런 표현을 했을까? 마지막으로 의심을 찾아보았다. 확실히 알 수 없어서 믿지 못하는 마음. 의심이란 단어가 단지 믿지 못하는 걸 뜻하나 했는데 '확실히 알 수 없어서'란 단서가 붙어 천만다행이었다.

살면서 의심은 줄이고, 의욕은 여행으로 승화시켰는데 다시 의심병이 도졌다. 내 눈으로 봐야겠다. 확인해야겠다. 다시 누운 지영이 잠든 걸 확인하고 살그머니 나선다.

"벌써 가려고?"

지영이 엄마가 주방에서 나오며 묻는다. 나는 손으로 얼굴부터 가린다. 지영이 엄마가 앞장서서 현관문을 열어주면서 그만하기가 천행이라며 등을 두드린다. 코가 찡하고 눈물이 확 솟는다. 아, 아프다. 울면 안 되는데 울면 더 아픈데 지영이 엄마는 그것도 모르고 나를 울린다.

지난밤, 나는 주안역에서 내려 지하도를 올라왔다. 그곳이 몇 번 출구인지 모르겠다. 일단 13번 출구로 가본다. 내가 넘어진 자리는 흙이 있는데 13번 출구 앞은 모조리 포장돼 흙이 없다. 길을 건너 5번 출구로 간다. 거기서부터 걸어본다. 택시정류장을 가려면 직진해서 한참 가야하는데 흙이 없다. 주안역이 아니었나? 다시 나를 의심한다.

 기억을 더듬는다. 차가 지나다니는 길, 앞에는 높다란 빌딩이 있고, 아래는 편의점이 있고······. 아, 그렇지. 명절 앞이라 택시정류장에 기다리는 손님이 많았지. 대로로 나가 택시를 잡으려고 마음을 바꿨어. 그렇다면 이쪽이 아니지. 역을 등지고 오른쪽 대로를 향한다. 그러다 발견한다. 편의점과 고층빌딩을. 그런데 어디서 넘어졌는지 도통 모르겠다. 이면도로를 이쪽저쪽으로 걸으며 탐색하다 작은 비탈을 발견한다. 인도가 없는 왼쪽 길이다. 실은 길도 아니다. 가건물과 이면도로 사이의 비좁은 빈터다. 거기 검붉게 얼룩진 피가 보인다. 상당한 양이다. 피를 보자 온몸에 찌르르 전기가 온다. 이렇게 전기가 올 때는 신기하게도 여자의 가장 은밀한 곳도 같이 오그라든다. 은밀한 곳이야말로 촉의 저장소인가 보다. 촉이 발동해 종이봉투를 소환한다.

 내가 쓰러진 자리에 있던 종이봉투들, 바로 그거야. 양손에 봉투를 들고 있었기에 비탈에서 미끄러지면서 땅을 짚을 손이 없었던 거야. 때문에 땅에 코를 박은 거지. 그리곤 다시 암전이다.

 그 종이봉투의 내용물이 무언지 모르겠다. 내가 산 물

건인지 아니면 지영이 뭔가 선물한 봉투인지도 모르겠다. 지영이 선물한 거라면 지영 탓 내가 산 거라면 내 탓이다.

머리가 아프다. 딱따구리가 쪼는 듯하다. 코뼈를 다쳤는데 머리가 아프다.

연휴가 끝나면 부서진 코뼈 맞추는 수술을 해야 한다. 통증이 심해 전신마취를 해야 한다고 들었다. 수술경과가 좋지 않으면 6개월쯤 지나 다시 코뼈를 부순 뒤 맞추어야 할 것이다. 갈 길이 멀다. 코는 얼굴의 중심이다. 얼굴 뜯어고치는 게 취미인 이모가 보면 이참에 코를 좀 높이라고 할 게 뻔하다. 이모가 모르게 지나가야 한다. 병원 출입을 안 하고 산 터라 수술이 무섭다. 게다가 전신마취라니? 생각만 해도 살이 떨린다. 이런 나한테 관우 상이라니 웃기는 일이다.

고층빌딩 통유리에 뭔가 텅텅 부딪치는 소리가 나더니 우수수 작은 물체들이 떨어진다. 바람 때문인지 떨어진 물체가 파르르 떤다. 뭐지?

머리와 목은 푸른빛이 돌고, 등짝은 노랗고 양쪽 볼과 배가 하얀 작은 새다. 목에서 배 가운데까지 넥타이 모양의 검은 띠가 좌우를 나누고 길쭉하게 빠진 꽁지 깃털이 우아하다. 건물 밑에 떨어진 작은 새는 세 마리였다. 한 마리는 아직 숨이 붙어 있다. 이 작은 생명을 어쩌나?

고개를 들고 건물을 올려다보니 통유리엔 하늘만 가득하다.

"오늘도 또네."

편의점에서 청년이 종이봉투를 들고 나온다. 여기가 박새들 이동로인데 통유리에 비친 하늘 때문에 벌써 며칠째 하루 몇 마리씩 희생된다는 거였다.

"못 살아요 얘네들. 저 작은 몸뚱이가 유리창에 부딪히면서 다치고 저 높은 곳에서 떨어지면서 또 다쳐서 금방 죽어요."

십 센티 정도 되는 작은 새가 이내 할딱임을 멈춘다. 청년의 손바닥으로 옮겨졌던 새들이 종이봉투 속으로 들어가고 종이봉투는 편의점으로 들어간다. 사람들은 모르는 사건이 순식간에 접혀지고, 나는 지영에게 전화를 건다.

"내 종이봉투 거기 있지? 거기 뭐가 들어있나 확인 좀 해줘."

지영은 확인 안 해도 안다고 했다. 동암역 빨간 오뎅집에서 사온 부산어묵이란다. 둘이 하나씩 갖자고 두 몫을 사고는 깜빡 잊고 내가 둘 다 가져갔다는 거다. 하나를 지영에게 줬으면 한 손이라도 땅을 짚어 덜 다쳤을라나?

오뎅은 사먹는 줄로만 알았지 집에서 오뎅국을 끓여

먹을 생각을 한 적은 없다. 모든 사건은 한 지점을 향해 달려가게 돼 있다. 빨간 오뎅 집의 어묵도 나의 코를 향해 달려들었을 가능성이 농후하다. 휴대폰을 열고 재발신을 누른다.

"왜 또? 아직도 집에 안 들어갔어?"

"근데 지영아. 뜬금없이 어묵은 왜 산 거야?"

"어머어머 얘 봐라! 니가 샀잖아. 난 필요 없다고 하는데 니가 굳이 사고는 두 봉지 다 들고 갔잖아? 기억 안 나?"

빨간 오뎅을 먹을 때는 술도 안 마셨는데 캄캄하다. 못생긴 내 얼굴의 중심을 향해 달려든 나를 기억할 수 없다. 기억을 잃으면 처음 생각했던 자리로 가야 기억을 되찾을 수 있다. 빨간 오뎅 집에 가면 뭔가 가닥이 잡힐 것이다. 분명 도움이 될 것이다.

가학적인 위로를 주던 그 집은 오후가 돼야 문을 연다. 게다가 오늘은 명절 전날이라 문 닫을 가능성이 많다. 하지만 나는 집에 가서 오후를 기다리기로 한다. 내 생애 가장 우울한 날인 오늘, 내가 할 수 있는 일은 오후를 기다리는 일뿐이겠다.

맨발

이목연

1998년 《한국소설》로 소설 등단. 소설집 『로메슈제의 향기』 『꽁치를 굽는다』 『맨발』 『햇빛 더하기』 『공을 굴리다』 『달의 입술』이 있음. 중국6대기서 시리즈 『서유기』 편저. 김유정 소설문학상, 인천문학상, 한국소설작가상 수상.

topnvmy@hanmail.net

맨발

 발이 시렸다. 초겨울 안개처럼 다리뼈를 타고 올라온 냉기가 온몸을 파고들었다. 몸을 움츠리려는 찰나, 그 냉기가 통증으로 변했다. 바늘로 찌르는 것 같은 통증이 순식간에 왼쪽 귓바퀴를 훑었다. 짧은 머리카락을 한꺼번에 확 잡아채는 것처럼 귀 뒤에서 번쩍 불이 일었다. 광대뼈 주변으로 찌릿 전기가 흘렀다. 그렇게 일격을 가한 통증이 한발 물러나며 다시 추위를 남겨놓았다. 냉동실 쇠침대에 누운 것처럼 온몸이 얼어붙었다.

 몸이 덜덜 떨렸다. 대체 무슨 일이 일어난 걸까. 여기는 어디인가. 방금 지나간 고통의 흔적이 아직 가슴 한가운데 박혀있는 걸 보면 꿈은 아니다. 모질게 지나간 고통을 기억하는 심장은 북을 치듯 벌렁거렸다. 등에서 번지는 냉기와 알 수 없는 통증은 공포로 변해 내 몸을 흔들고 있다. 떡떡떡떡. 저절로 맞부딪치는 위아래 턱을 통제할 수가 없다.

심호흡이라도 하고 싶지만 무언가가 가슴을 움켜쥐고 놓아주지 않는다. 손가락조차 움직일 수 없다. 가슴팍이 꽁꽁 묶인 채 물속으로 가라앉는 것처럼 답답해진다. 숨을 쉴 수가 없다. 입이 마른다. 정신을 차려야 한다고 아랫입술을 악물어 보지만 마음뿐, 임계점을 넘긴 의식이 먼저 까무룩 사라진다.

'퍽'소리와 함께 집이 흔들렸다. 툭, 툭, 투둑…….

의식이 돌아온 모양이다. 쿵쿵 뛰어오는 발걸음 소리, 멀리서 들리는 함성. 귀에 익은 소리다. 공이다. 학교에서 조기 축구를 하고 있구나 생각한 순간 아까의 그 통증이 다시 밀려온다. 이번에도 왼쪽이다. 아까보다 더 무지막지한 통증이다. 단숨에 턱뼈를 물어뜯는다. 어깻죽지까지 뭉텅 베어 물고 흔든다. 이가 뽑혀 나간다. 마취도 없이 뽑힌 생니가 사방으로 튕긴다. 머리통 반쪽이 사라진다. 동시에 어지러움이 몰려온다. 빙빙 도는 세상, 붙잡을 것이 없다. 의식이 사라진다.

세상은 온통 안개 속이다. 여기는 저승인가, 이승인가. 짙은 안개를 뚫고 저 멀리서 붉은빛 안광을 뻗치며 다가

오는 것이 있다. 코끝으로 냄새가 들어온다. 나와 가까웠던 친근한 냄새다. 혹시 아내? 그럴 리 없다. 왕래조차 없는 그 사람이 내 곁에 있을 리 없다. 붉은빛이 가까워진다. 내 온몸을 묶어놓은 채 머리칼을 잡아 뜯고 턱을 물어뜯은 자가 저자인가? 아직 내 심장을 결박하고 있는 자. 그자를 살피기 위해 눈을 부릅뜬다. 저벅저벅. 다가온 것은 '06:41'. 벽에 매달린 전자시계가 붉은 눈으로 나를 노려보고 있다.

희미하게 새어든 빛 속에 보이는 사물들이 눈에 익다. 철망 벽걸이에 줄줄이 걸린 열쇠와 자물쇠. 오른편 선반 꼭대기에 덩어리져 있는 것은 검은 고무판이다. 그 아래 색색의 가죽 자투리. 익숙한 냄새는 이 작업장의 냄새였던가. 하긴, 가죽을 곁에 두고 산 세월이 수십 년이다. 어쩌면 저승에서도 내 몸내보다 먼저 알아챌 수 있는 것이 가죽 냄새일 것이다. 작업대 위에 쌓아놓은 연장과 재봉틀, 신틀이 보인다. 쇼핑백 옆에 있는 것은 막내를 주려고 마름질한 흰색 바디. 여기는 나의 일터인 구두 수선소다. 종점에서 마을버스가 토해낸 매연이 컨테이너 안으로 스며든다. 축구를 하는 조기 축구 회원들의 함성이 요란하다. 아직 저승은 아닌 모양이다.

구두 수선소 부스 안, 한 자 정도되는 쪽마루 위에 신을 벗고 누웠던 기억이 난다. 아까부터 안개 속에서 으

르렁거리던 것은 시동을 걸어놓은 마을버스 소리였던가. 그렇다면 나는 언제부터 여기에 누워 있었으며 내 몸에는 무슨 일이 일어난 걸까. 지금까지의 무시무시한 통증은 꿈이었을까. 아니, 꿈이라기에는 아픔이 너무 생생하다. 아직도 칼이 박혀있는 듯 가슴에 묵직한 통증이 남아 있다. 괴한의 습격을 받은 걸까. 얼마나 다쳤기에 이렇게 움직일 수 없는 것인가. 목덜미가 배긴다. 어깨를 타고 살살 올라오는 것은 소주 냄새다. 맞다. 어젯밤, 눕기 전에 소주를 마셨다. 등 밑에서 소주병이 느껴지는데 뺄 수가 없다. 내 머리를 받치고 있는 것은 벗어놓은 내 신발이다. 10년 넘게 신고 다닌 내 신발 위에 나의 머리가 얹혀 있다. 그렇다면 나는 쪽마루에서 굴러떨어진 채 구두를 베고 누워 있다는 말인가. 어렴풋이 어젯밤 일이 떠오른다. 배 기사와 그 여자……. 그들은 어떤 사이일까.

어제저녁, 유난히 바람이 심했다. 구두 병원이라고 쓴 플래카드가 부스를 집어삼킬 듯 펄럭거렸다. 길 쪽으로 난 창으로 회오리바람 한 줄기가 휴지 조각과 길가의 먼지를 말아 올리는 게 보였다. 가게로 들어오려던 배 기사와 문을 나서던 내가 마주친 건 그때였다. 배 기사의 선글라스에서 반사되는 석양빛이 스산했다.

늦은 시각, 비번인 그의 등장이 의아했다. 약국 앞에

놓인 자동판매기에서 커피 한 잔을 빼들면서 하루를 시작하는 그였다. 하지만 그가 비번일 때 이 근처에서 마주친 일은 한 번도 없었다. 체크무늬 재킷에 분홍색 와이셔츠를 받쳐 입고 있는 배 기사 주변으로 봄기운이 어른거렸다. 언제 보아도 말쑥한 차림의 배 기사는 선글라스만 벗는다면 마을버스 기사라기보다는 무역 회사의 중역 같은 인상이다. 그러나 그는 밤이고 낮이고 색안경을 착용했다. 그렇다고 눈 주변을 가려야 할 무슨 흠이 있는 것도 아니었다. 선글라스를 착용하지 않으면 뭔가 미진하다고 했다.

"뭐 싸고 밑 안 닦은 것 같은 기분이랄까. 왜 멋쟁이 여자들이 한껏 치장하고 향수 한 방울 찌끄려야 패션이 완성된다고 하는 것처럼 나도 요걸 딱 걸쳐야 뭔가 완성되는 느낌이거든. 그래야 당당하게 거리에 나설 수 있다니까."

그의 옷차림은 너무 일찍 핀 진달래처럼 추워 보였다. 내 마음이 그랬는지도 모르겠다.

"아빠, 엄마가 재혼한대. 그럼 난 어떡해? 아빠는 도대체 뭐 하는 사람이야?"

막내의 전화를 받고 난 뒤 뒤숭숭한 마음에 가게를 닫기 위해 나선 참이었다. 구두약에 절어 반질거리는 내 바지와 배 기사의 화사한 옷차림이 확연히 비교되는 저녁나절, 잔뜩 들떠 있던 그가 묻지도 않았는데 답을 내놨다.

"아, 근처에 약속이 있어서. 나 신 좀 털어 신고 가도 되지?"

그가 들어갈 수 있도록 길을 터주었다. 그는 문틀 위 선반에서 전용 구둣솔과 약을 꺼내 구두를 닦았다. 그 여자가 앉았던 자리였다.

다시 통증이 느껴진다. 그들 때문에 느끼는 통증은 아닐 것이다. 방금 전 무시무시한 통증이 규모 7.0 이상의 지진이었다면 지금 건 그 뒤를 따라오는 여진 같다. 가슴에 꽂힌 칼을 반 바퀴쯤 돌리는 듯한 통증이다. 눈을 감는다. 무슨 일인가를 예감하듯 처음 이 구두수선소에 발을 들이던 날이 떠오른다.

2년 전, 이곳으로 처음 출근하던 때도 어제처럼 중늙은이 뼛속으로 스미는 바람은 찼다. 저 앞 공사장에서 날아온 모래가 하루 종일 유리창을 톡톡 두드렸다. 망치며 칼, 가죽 자투리와 운동화 끈이 뒤엉긴 작업대만큼이나 심란한 날씨였다.

고 사장이 몸이 불편한 사람이라는 걸 감안한다 쳐도 가게 안은 심하게 어질러져 있었다. 온갖 연장과 가죽 자투리, 찾아가지 않은 신발까지 엉킨 작업대에서 어떻게 일을 했는지 신기할 정도였다. 마음에 드는 것은 이

쪽마루뿐이었다. 편안한 잠자리를 잃어버린 자의 본능이었을까. 손님이 없을 때는 잠깐씩 누울 수도 있겠구나 생각하니 위안이 되었다. 하지만 정작 이 마루에 누웠던 적은 한 번도 없었다. 문을 닫을 때마다 그냥 이곳에서 잠들고 이곳에서 눈을 뜨고 싶은 유혹이 일었다. 그러나 하루도 거르지 않고 해가 지면 꾸역꾸역 박 여사 집을 찾아 들어갔다. 내가 들어가지 않으면 더욱 낯설고 외로울 막내딸 때문이었다.

당장 어디서부터 손을 대야 할지 몰라 목장갑을 낀 채 버릴 물건과 남길 물건들을 가리고 있는데 덜컹거리며 새시 문이 열렸다. 그 틈새로 날씨에 어울리지 않게 짙은 선글라스를 쓴 사람이 불쑥 들어섰다. 그가 배 기사였다. 나는 목장갑을 벗으며 그가 내민 손을 잡았다.

"장 사장이 여기 앉아보지 않아서 잘 모르는 모양인데, 이 의자 위에 오래 앉아 있으면 불알이 익어버려요. 여기에 이거 없으면 큰일 난다니까."

그는 버리려고 던져버린 쓰레기 더미에서 방석을 찾아 들며 너스레를 떨었다. 인수 품목에 소형 발전기도 들어 있었다. 컨테이너 위, 작은 박스 안에 소형 발전기가 있다고 했다. 에어 컴프레서와 그라인더의 전선이 옥상으로 연결되어 있는 것도 분명히 보았다. 하지만 배 기사는 은근한 말투로 속삭였다.

"실제 이 안에서 사용하는 전기는 말이요, 바로 요 전봇대에서 공짜로 끌어다 쓰는 거예요. 몰랐죠?"

밖에 덧문을 닫고 메인 스위치를 내리면 자동으로 전원이 차단되도록 되어 있다고 했다. 배 기사는 컨테이너 위, 박스 안에 소형 발전기가 들어 있는 것은 맞다고, 그런데 그곁에 있는 전신주에서 전선을 뽑아 저 박스 안에 또다른 비밀 콘센트를 만들어 연결해 놓았노라고, 그런 장치를 만들어준 사람이 바로 자기 처남이라고, 전기 기사인 처남과 지난번 이 부스 주인인 고 사장은 전기 사고로 불구가 되기 전부터 친구 사이였노라고 단숨에 그들의 관계를 요약해 주었다.

고 사장은 아버지와 노년을 함께 보낸 박 여사의 아들이다. 서류를 억지로 꾸몄다면 그와 나는 의붓형제가 되었을 것이다. 부도가 나고, 채권자들에게 쫓겨 노숙자가 될 판이었던 나는 이익금을 나누는 조건으로 이 가게를 인수했다. 장애가 있던 그는 당뇨까지 심해지는 바람에 이 부스를 넘길 사람을 찾던 중이었다. 집안일보다 사람 만나는 걸 좋아하는 박 여사처럼 고 사장도 그런 성격 같았다. 성격이 좋으니까 어머니의 재가도 묵인했던 것이고, 껄끄럽다면 껄끄러웠을 나를 찾아와 나의 성수동 공장에서 막일도 배웠을 것이다. 그랬기에 그와의 친분을 과시라도 하려는 듯 이곳의 버스 기사들 역시 시도 때도 없이 고 사장도 없는 이 가게를 드나드는 것일 터였다. 그중에서도 배 기사는 배차시간 사이에 틈만 나면 들러서 신발을 털고 왁스를 발랐다. 막 신도시에 편입돼 공사가 진행 중인 이곳은 아직 이 동네에서 나고 자란 동창이나 혈족으로 이어지는 인연들이 종종 눈에 띄었다. 단 몇 마디로 컨테이너의 숨은 역사를 정리한 배 기사는 그러니까 자기는 늘 따끈따끈하게 데워진 이 전기 온돌 위에 앉을 권리가 있다는 듯, 때가 끼어 반질거리는 방석을 가져다 깔고 앉았다. 그러고는 익숙한 솜씨로 문틀 위 선반에서 자신의 전용 구둣솔과 왁스를 찾아내, 신고 있던 흰 구두를 문지르기 시작했다. 마치 내무반의 선임하사처럼 당당한 몸짓이었다.

굳이 아낄 필요 없는 전기였기에 겨우내 따끈한 전기장판을, 여름에는 선풍기를, 또 컨테이너 주변에는 사시사철 꼬마전구를 마음 편히 켜놓을 수 있었다.

그런데 지금 이 안은 너무나 춥다. 통증이 한발 물러난 몸에 다시 한기가 든다. 발가락이 시리다. 어제 덧문을 닫으며 스위치를 내린 탓만은 아닌 것 같다. 스위치라도 올리면 좀 나아질 것 같은데 반쪽의 감각이 사라진 몸을 일으킬 수 없다. 정말 내 반쪽이 뜯기고 없는 걸까. 조금만 움직이려고 하면 심장 깊숙이 박힌 칼이 울부짖는다. 이 기분 나쁜 통증은 무엇인가.

이제 겨우 6시 50분. 부르릉거리던 마을버스가 떠나고 다시 조용해진다. 곧 다음 버스가 시동을 걸 테지만 이 이른 시각에 이 문을 열고 들어올 사람은 없다. 하루에도 몇 번씩 드나드는 배 기사도 이 시간에는 이쪽을 보지 않을 것이다. 건너편 중학교 운동장에서 축구를 하던 회원들이 돌아가는지 발걸음 소리가 어지럽게 섞인다. 지금 이 안에서 움직이지도 못한 채 한기에 떨고 있는 내가 있다는 것을 아는 사람은 이 세상에 없다.

작업대 위에 놓인 쇼핑백은 어제 저녁나절 여자가 가져온 것이다. 여자는 이 가게를 벌써 세 번째 찾아온 단골고객이다. 처음 그녀가 찾아온 것은 지난가을이었다. 신고 있던 검정 샌들의 굽을 갈아 달라며 벗어놓는데 보니 카프스킨으로 만든 명품이었다. 바디에 'MADE IN ITALY'라는 화인이 선명했다. 구두 수선소에서는 처음 접해본 고급 신발이었다. 사람과 신발을 번갈아 보았다. 신발을 보면 대충 그 신발 주인의 내력이 보이기 마련인데 그 신발은 애매했다.

"이거 굉장히 좋은 신발인데요. 본사에서 직접 AS를 받지 그러세요."

나이를 가늠하기 어려운, 그늘에서 자란 풀처럼 연해 보이는 여자였다.

"오래전에 산 거라서요. 굽색도 변하고 해서······. 이거 굽 가는데 비싼가요?"

가격을 묻는 여자에게 현실을 대입해 보았다. 잘나가던 시절을 보내고 기울어진 현실을 반영하듯 뎅까와가 떨어져 나간 샌들이 여자의 지금 모습과 닮은 것도 같았다. 푸스스한 머리를 대충 넘겼지만 고생을 모르고 산 가녀림이 보이는 여자와 끝이 닳고 얼룩졌지만 금장 굽의 송아지 가죽 샌들. 둘 다 막 구른 종류는 아닌 듯싶었다. 굳이 굽을 갈지 않아도 될 것같아 왁스로 바디뿐 아니라 까레까지 구석구석 닦았다. 굽의 얼룩이 지워지면서 금빛이 덩달아 살아났다. 바깥쪽이 닳아버린 고무판을 떼어내고 새 뎅까와를 갈아 끼우자 금세 새것이 되었다. 여자의 눈빛이 잠깐 환해지는 것 같았다. 언뜻 아내의 모습이 스쳤다. 뎅까와 값 3천 원만 받았다.

그 뒤 한 달쯤 지났을까, 여자는 쇼핑백 가득 신발을 담아 들고 다시 찾아왔다. 네 켤레의 신을 꺼내는데 그것들도 모두 최고급 신발들이었다.

"버리자니 아깝고 신자니 좀 불편해서……. 지난번처럼 고칠 수 있을까 해서요."

9센티미터나 되는 펌프스는 굽이 너무 높아 불편하다고 했다. 밍크 털이 달린 부츠의 가죽은 지금 우리나라에서는 구할 수 없는 최고급 갑피였다. 가운데 부분에만 달려있는 지퍼가 불편해 보였다. 앞뒤 가보시가 높은 흰색 구두 역시 버버리 제품의 카프 스킨이었다. 스페인제 로퍼는 도꾸리와 깔창을 교체해야 했다. 내가 가지고 있는 재료로 수선한다 하더라도 견적이 꽤 나왔다.

여전히 부스스한 머리였다. 벌써 찬 바람이 불기 시작했는데 철이 지난 얇은 코트를 걸친 걸 보면 집 밖 출입을 자주 안 한다는 얘기일 터였다. 꼭 얼빠진 사람 같았다.

"수선비가 꽤 되겠는데요."

내 말에 여자는 그렇겠죠 하며 긍정도 부정도 아닌 대답을 했다. 그리곤 한참 만에 입을 열었다.

"저기요. 죄송한 부탁이지만, 수선비 대신 그중 하나를 아저씨가 갖고, 그냥 수선해 주시면 안 될까요? 중고로 팔아도 값을 꽤 받는다고 하던데……."

무엇보다 가죽에 욕심이 생겼다. 앞뒤 가보시가 높은 구두는 밑창을 뜯어내면 막내에게 로퍼 정도는 만들어 줄 수 있을 것 같았다. 그것을 수리비 대신 받기로 했다.

일주일이 지나 신발을 찾으러 왔을 때도 여자의 차림은 별반 달라진 게 없었다. 이 쪽마루에 걸터앉아 철에 어울리지 않는 얇고 긴 치마를 걷어 올리고 신발을 일일이 신어 보았다. 그러고도 여자는 한참 동안 일어서지 않았다. 마음에 안 드세요? 하고 묻자 여자는 아니라며 고개를 내저었다.

"아니요, 모두 마음에 들어요. 편하고요. 그런데 이런 가게 하나 내려면 돈이 많이 드나요?"

여자는 눈으로 가게 내부를 둘러보며 물었다.

"이래 봬도 이게 여기 있는 물건값만 2천이 넘을걸요. 왜요? 이런 거 하나 차리시게요?"

나는 고 사장이 하던 소리를 그대로 읊조렸다. 나와는 상관없는 도장이나 열쇠 부품들 가격이 어느 정도인지 나는 아직도 감을 잡을 수 없다. 여자는 내 물음에 손사래를 치며 턱도 없다는 듯 눈까지 곱게 흘겼다.

"이런 걸 아무나 할 수 있나요? 기술도 없는데. 그게 아니라, 아저씨가 신발 고치는 기술이 대단한 것 같아서요. 엄청 편안하게 잘 고치시네요. 한두 해 하신 분 같지 않아요."

여자의 말이 빈말은 아니라고 생각했다. 공연히 어깨가 으쓱해서 남들에게는 하지 않았던 얘기를 시답잖게 털어놓았다.

"손님이 눈썰미가 있으시네요. 실은 이 바닥에서 가죽 밥 먹은 지가 수십 년 됐습니다. 염천교에서 시작해서 성수동에 공장까지 가지고 있었어요. 지난번 경제 위기 때 망해서 다시 제자리로 돌아왔지만요, 한때는 국내 메이커 신발들 우리 공장에서 납품한 것이 태반일 때가 있었죠. 내 손을 거쳐 나간 신발만도 수천 켤레는 될 겁니다."

 주절거리는 나를 보다가 그녀는 어쩐지 하고 고개를 주억거리며 고친 신발을 다시 들여다보았다. 그러고 나서도 딱히 갈 곳이 없는 사람처럼 한참을 뭉그적거리다가 일어섰다. 여자가 왠지 다시는 오지 않을 것 같았다. 그래서 그녀의 뒤에 대고 부리나케 소리쳤다.

 "백도 고치고 우산도 고칩니다. 집에 고칠 거 있으면 무엇이든 가져오세요."

 그렇게 보냈던 그녀가 다시 나타난 것이 어제였다. 몇 달 만이었다. 여자를 보자 굽만 떼어낸 채 선반 위에 올려둔 그녀의 흰색 구두가 생각났다. 막내의 발에 맞춰 재단한 뒤 마무리 해야지 하면서 여태 미루고 있던 것이었다.

 그녀는 여전히 계절을 더디게 맞는 듯했다. 겨울이 끝나가는 무렵이라 사람들은 서둘러 옷을 벗었건만 그녀는 한겨울인 양 부스스한 털코트 차림이었다. 쇼핑백에는 두 켤레의 새 신이 들어 있었다.

 "요즘 신발은 바닥이 너무 얇아요. 도톰하게 대는 밑창이 있다면서요?"

 그녀가 가지고 온 신발은 예전 것과 달리 중국에서 한꺼번에 찍어 내는 막신이었다. 신고 있는 것도 요즘 유행하는 군화형 부츠였다. 곱슬곱슬한 긴 파마머리에 지나치게 붉게 칠한 입술, 한눈에 봐도 질이 좋지 않은 털 외투. 그녀의 모습이 싸구려 신처럼 초라해 보여서 이런 걸 뭘 두 켤레나 샀느냐고 퉁명스레 물었다.

"그냥, 누가 사줬어요."

여자는 배시시 웃었다. 웃는 모습을 보자 이제 현실에 뿌리내린 것 같아 다행이라 여겨지기도 했다. 회사가 부도날 무렵, 내 아내도 저런 과정을 거쳤을 것이다. 지금쯤 아내도 이렇게 바닥이 얇은 중국제 신발을 신고 있을지도 모를 일이었다.

염천교 신발 공장을 인수한 후, 돈을 부대로 긁어 담아야 할 만큼 잘나가던 때가 있었다. 가죽 수입에서부터 구두며 핸드백 제작까지 사업을 확장했다. 수제화 하면 이 바닥에서는 우리 제품이 최고였다. 아나콘다 가죽을 구하기 위해 바이어를 두 달 동안이나 따라다녔다. 그때 구입한 머스터드 아나콘다 가죽은 내가 본 것 중 가장 아름답고 부드러운 가죽이었다. 그 가죽으로 세상에 단 몇 켤레뿐인 샌들을 만들었다. 미리 주문받은 악어백을 만들기 위해 브라질에도 여러 차례 다녀왔다. 그러나 돈을 벌어주는 것은 역시 대량으로 생산하는 제품들이었다. 브랜드가 있는 회사에 기본 제품을 공급해서 큰돈을 만졌다. 돈맛을 본 아내는 아이들을 사립학교에 보내고 스키에 골프에 승마까지 가르쳤다. 애들 뒷바라지를 한다는 핑계로 아내 역시 최고급 승용차를 몰며 어깨에 있는 힘, 없는 힘 다 주고 다녔다. 돈은 사람을 필요 이상 역동적으로 만들었다. 온 집 안이 들썩거렸다. 애고 어른이고 차분히 붙어 있는 사람이 없었다. 하지만 그것으로 인해 살맛을 느끼는 아내와 우월감에 젖어 있는 아이들을 보는 것이 보람이던 시절이었다.

발이 시리다. 춥다. 몸을 움직여 신발을 신을 수만 있다면 발이 덜 시릴 텐데, 신을 신을 수가 없다. 빠박. 다시 심장이 갈라지듯 통증이 일어난다. 우리하던 턱뼈가 조여지더니 오목가슴으로 내려간 통증은 이번에도 심장에 가서 꽂힌다. 누군가가 살 속으로 손을 쑥 집어넣어 심장을 뜯어내는 것 같다. 걸레를 짜듯 심장을 쥐어짠다. 온몸이 조여 온다. 무의식적으로 손길을 밀어내 보지만 오히려 손가락이 젖혀질 뿐이다. 몸의 적응력은 대단하다. 단지 몇 번의 통증이 지났을 뿐인데 벌써 맞설 수 있는 상대가 아님을 안다. 이번에는 더 쉽게 의식을 내려놓는다.

바다에 떠 있는 내가 보인다. 헤엄을 쳐보지만 부실한 몸은 앞으로 나가지 않는다. 눈앞은 또 짙은 안개 속이다. 저 멀리 해안가에서 누군가 나를 부르고 있다.

아빠, 아빠. 애절하게 부르는 건 막내딸의 목소리다.

"선영 아범! 정신 좀 차려 봐."

이건 박 여사 목소리다. 나는 그들을 향해 알은체를 하고 싶다. 허우적거리며 부지런히 헤엄친다. 그러나 좀체 거리가 좁혀지지 않는다. 어제 여자의 신발 밑창을 갈고 있을 때였다. 의자 옆에 놓였던 휴대전화에 막내딸이라는 글자가 떴다. 여자가 집에서 건네준 걸 얼른 열어보니 문자가 찍혀 나왔다.

'아빠, 엄마랑 이혼했다는 게 사실이에요?'

하교 시간이면 이 앞을 지나가는 아이들이 내뱉는 상소리며 욕, 끝을 잘라먹는 말투는 저 마을버스의 낡은 엔진음보다 거칠었다. 그런 아이들과 달리 일찍 철이 들어버린 막내는 반듯했다. 그런 아이가 밑도 끝도 없이 이런 문자를 보낸 걸 보니 무슨 소리를 들은 모양이었다. 서류상 이혼은 벌써 2년 전에 했으니 맞는 말이기도 했다. 답장을 찍었다.

'서류상으로만. 너도 알잖아.'

"부녀지간에 사이가 좋으신가 봐요."

나는 고개를 끄덕이며 대답했다.

"막내딸인데요, 내가 이 녀석 때문에 살지요."

사실이 그랬다. 아내와 헤어질 때, 굳이 나를 따라오겠다고 해서 애를 먹인 딸이었다. 사실 막내는 내가 번 돈의 수혜를 가장 받지 못한 아이였다. 막내가 태어났을 때 회사는 이미 내리막길을 걷고 있었다. 싼값을 내세워 밀려드는 중국 시장과 브랜드를 앞세우고 들어오는 명품 시장 사이에서 고전 중이었다. 재고가 쌓이면서 여기저기서 끌어다 쓴 빚이 자꾸 늘어났다. 윗돌 빼서 아랫돌 막듯 자금을 돌려 막던 회사는 막내가 열한 살 때 최종 부도를 맞았다. 채권자들이 휩쓸고 지나간 집 안에 쓸 만한 것들은 하나도 없었다.

아내는 이혼을 서둘렀다. 아내가 나에게 나가달라고 할 줄은 몰랐다. 아내의 낡은 신발이 된 것처럼 기분이 씁쓸했다. 마음에 들면 오래 쓰고, 고쳐서 쓰는 나와 달리 아내는 늘 새것에 흥미를 느꼈다. 불편한 것을 못 견뎌 했다. 하지만 그간의 정리도 있는데 그건 너무 성급한 요구였다.

"너무 야박하다고 생각하지 마. 아이들과 함께 살려면 이 집 하나는 건져야 할 것 아니야. 우리가 여기서 함께 살면 이 집의 반도 못 건진다고."

아내가 이혼 운운하는 소리에 이번에는 큰 딸아이가 눈을 동그랗게 뜨고 대들었다.

"내가 왜 이혼한 부모 밑에서 살아야 해? 난 싫어. 같이 살 거야. 이건 아빠 잘못이니까, 어떻게든 책임져."

자신을 위해 이혼은 안 된다고 악을 쓰는 큰아이를 보며 경제 파탄이 영향을 끼치는 영역이 참으로 넓다는 생각을 했다. 아이들에게 명목상 이혼해야만 하는 이유를 설명했다. 실제는 부부로 살 거라는 말에 큰딸도 마지못해 고개를 끄덕여 주었다. 그때 나를 받아준 곳이 바로 박 여사였다.

홀로된 아버지를 모시기 힘들어하던 아내는 아버지께 안성맞춤인 분이 있다며 박 여사를 소개했다. 불구인 아들과 홀로 지내던 박 여사는 당신 명의로 집 한 채만 사주면 아버지를 모시며 여생을 보내겠다고 했다. 그때는 시골이었던 이곳에 막 지은 연립주택 하나를 사드렸다. 성격이 밝고 무난했던 박 여사 덕분에 아버지의 말년은 비교적 편안했던 것으로 안다.

평소 살가운 사이도 아니었건만 아버지의 재혼이 그리 탐탁하지 않았던 나는 명절이나 생신 때 잠깐 뵙는 것 외에 아버지를 따로 보지 않았다. 아내는 나와 달리 어머니, 어머니 하며 박 여사와 잘 지내는 눈치였다. 나는 어머니라는 말이 나오지 않았다. 명절이면 아버지와 함께 우리 집으로 오시던 박 여사와는 아버지가 돌아가시고 나서 다시 남이 되어버렸다. 그런데 부도가 나자 아내가 박 여사를 들먹였다.

"당신, 그러지 말고 당분간 어머님 집에서 머무는 건 어때요?"

평소 아내의 머리 회전이 빠르다는 것은 알고 있었지만 박 여사에게까지 생각이 미칠 줄은 몰랐다. 벼룩도

낯짝이 있지. 아버지 돌아가신 후 인연을 끊고 살았는데 이제 와서 어떻게 그럴 수 있느냐고 딱 잘라버렸다. 하지만 아내는 벌써 언질을 해두었다고 했다. 마침 그 집 아들이 하던 구두 수선소를 정리해야 할 판이니 가게까지 인수하라는 거였다.

"지금 우리가 체면 차리게 됐어요? 애들하고 살아야 하잖아. 따지고 보면 그렇게 미안해할 필요도 없다고. 당신이 가르쳐준 기술이고, 당신이 열어준 가게잖아. 신세 좀 지고 살다가 형편이 좋아지면 갚으면 되지 뭐."

어떻게든 힘들어진 가정을 세워보겠다는 아내의 논리에 염치를 찾는 내가 미안해졌다. 이를 악물며 자존심을 눌렀다. 구두 만지는 일이야 지금까지 해온 일. 체면만 내려놓는다면 못 할 것도 없지 싶었다. 아내의 말대로 고 사장에게 기술을 가르쳐준 기억이 났다. 작업장을 열어준 것도 나였다.

"폐업 신고를 하면 가게 소유권이 다른 장애인에게 넘어가게 된대. 명의는 그냥 두고 당신이 일하면서 월세 삼아 용돈이라도 주면 서로 좋잖아."

빚쟁이들을 피해 노숙자가 되어야 할 판이었다. 아내 말대로 체면이고 염치고 다 사치였다.

"선영 아범, 집이 좁아 불편하겠지만 어쩌우. 당분간 같이 지냅시다."

박 여사의 전화에 눈이 붉어졌다. 하지만 주변머리 없는 나는 고맙다는 말 한마디를 제대로 하지 못했다. 아내는 급매로 집을 정리해 이사했다. 밤중에 몰래 한 이사였다. 제 엄마를 따라가겠다는 언니들과 달리 막내는 굳이 나를 따라가겠다고 우겼다. 아빠 혼자 보내는 게 불쌍하다는 말에 또다시 울컥했다.

아내가 동의했다. 한창 공부해야 할 큰 애들은 서울을 떠날 수 없지만 아직 초등학생인 막내는 지방에서 다녀도 괜찮을 것 같다고. 자기도 일을 해야 할 텐데, 막내가 있으면 마음이 쓰일 거라고.

큰 애들은 어떻게 크고 어떻게 자랐는지 알지 못했다. 하지만 막내를 곁에 두고 키우면서 새끼 키우는 동물 본연의 기쁨을 느꼈다. 아이들이 없었다면 다시 일어설 힘을 내기가 쉽지 않았을 것이다. 더구나 막내가 없었다면 이곳 생활에 적응하는 것도 어려웠을 터였다.

"아빠, 엄마가 재혼할 거래."

전화를 건 막내의 목소리에 울음기가 섞여 있었다. 큰 애와는 여섯 살, 둘째와는 네 살 터울이 졌다. 이제 막 중학생이 되어 한참 예민한 나이였다.

"지금 손님 계시니까 나중에 집에 가서 얘기하자."

막내를 달래 전화를 끊고 나자 여자가 공연히 헛기침을 했다. 좁은 공간이니 휴대전화에서 새어나온 목소리가 다 들렸을 것이다. 고무판을 재단한 후 본드 칠을 해서 온풍기 앞, 의자에 올려놓는 손길이 나도 모르게 떨렸다. 뭔가 뒤통수를 맞은 느낌이었다. 부도 직전 몇 년 동안 힘든 시간을 보냈지만 아내를 다른 눈으로 본 적은 없었다. 별거는 채무자들의 눈을 피하기 위한 것일 뿐이었다. 언젠가는 다시 합칠 거라고 믿었다. 아내는 아이들과 생활을 꾸려가느라 애쓰고 있었다. 나 역시 어떻게든 아이들 교육비라도 맞춰 보려고 최선을 다하는 중이었다. 이런 시점에서 아내의 재혼이라니.

여자는 시간이 없다며 한 켤레는 내일 찾아가겠다고 했다.

"이 동네에서 일하게 되어서요. 출근하는 길이거든요."

남은 구두를 작업대 위에 올려놓고 고무판을 재단하려는데 둘째의 짜증 섞인 전화를 받았다.

"아빠는 도대체 뭐 하는 사람이야? 엄마가 재혼하겠다는데 그냥 둘 거야? 그럼 우리는 어떻게 해야 하는 거냐고!"

내가 살려면 저 문을 열어야 한다. 그러나 한 평 남짓한 공간을 벗어날 수가 없다. 속이 메슥거린다. 다른 사내와 앉아 있는 아내를 본 느낌이 이럴까. 얼핏 스치는 생각이 이 모양이라니. 나 자신이 한심스럽다.

차고지가 없는 55번 마을버스의 기착지. 길가는 낡은 버스에서 흘러내린 기름으로 절반이 얼룩이었다. 구두약에 절은 내 손처럼 아스팔트의 원형을 찾을 수 없는 먼짓길은 뿌연 매연과 뒤섞여 끈적였다. 둘째의 전화를 끊고 나서 끈끈한 매연을 가게 옆구리로 뿜어내는 27번 마을버스를 보며 앞 건물의 화장실로 들어갔다. 아이들의 전화로 인해 머릿속 회로들이 엉켜있었다. 예전 구두를 만들 때 아이디어가 막히면 하던 방식대로 화장실 세면대에 찬물을 받았다. 아이의 말이 사실이냐고 아내에게 물어야 하나. 구차스러웠다. 짧은 머리를 세면대의 차가운 물속에 넣었다. 저릿하게 조여 오는 느낌. 가장 오랜 세월 함께한 감각이다. 아무리 술을 마셔도, 무언가에 빠져있을 때도 이렇게 찬물에 머리를 박고 나면 거뜬해졌다. 선글라스를 껴야 패션이 완성된다는 배 기사처럼 나는 이렇게 찬물에 머리를 박고 나면 다시 하루를 열심히 살아야겠다는 각오가 생겼다. 아이들이 뭔가 잘못 알았을 것이다. 나는 아내를 믿었다.

머리의 물기를 터는 동안 밀린 일감들을 떠올렸다. 내일 아침 출근길에 찾으러 오겠다는 푸른 내과 김 간호사의 펌프스 밑창을 덧대려면 오늘 그라인더 작업을 해야 했다. 여자의 신발 밑창도 덧대어야 했고 미루기만 하던 막내의 신발 밑작업도 끝내야 했다. 하지만 마음과 달리 일이 손에 잡힐 것 같지 않았다. 돌아와 보니 배 기사는 가고 없었다.

그라인더 밑에 숨겨놓은 스위치를 내렸다. 가게의 모서리를 따라 겨우내 색색으로 반짝거리던 꼬마전구가 저녁 어스름 속에 빛을 잃었다. 덧문을 씌웠다. 부도를 맞은 후 이곳으로 옮겨 오며 끊었던 술과 담배 생각이 간절해졌다. 나도 모르게 발길이 건물 뒤 먹자골목으로 옮겨졌다.

활어 횟집 앞에 놓인 수족관에 '광어 9,900원'이라고 써 붙인 종이가 펄럭거렸다. 딱 소주 한 병만 마시자. 망설이던 마음을 굳혀 횟집으로 향하던 참이었다. 마침 횟집 문이 열리더니 여자가 나왔다. 그 여자였다. 뜰채를 든 채 플라스틱 의자 위로 올라선 여자는 오후에 고쳐간 신을 신고 있었다. 수족관 바닥에 붙어 있는 광어를 뜨려는 모양인데 연신 헛손질이었다. 애쓰는 그녀를 도와 고기를 건져주어야 하나, 모른 척해야 하나 망설이고 있는데 문이 열리며 배 기사가 나타났다. 여자의 뜰채를 넘겨받는 배 기사의 동작이 자연스러웠다. 광어를 건져 올린 배 기사의 거드름과 여자의 감탄사가 나란히 횟집 안으로 사라졌다. 둘 사이에 주고받는 미소가 친근해 보였다.

나는 걸음을 돌려 약국 옆에 있는 슈퍼에서 소주 두

병과 새우깡 한 봉지를 사 들고 다시 가게로 돌아왔다. 술병을 따는데 등줄기에 짜르르 한기가 흘렀다. 그 감정이 무엇인지 알 수 없어 '허'하고 웃었다. 병목을 통과하는 술이 명랑한 소리를 냈다. 첫 잔을 단숨에 비웠다. 아내에게서 먼저 연락이 올 때까지 기다리자. 두 번째 잔을 비웠다. 아내를 믿자 하는데 자꾸 여자와 배 기사 얼굴이 어른거렸다. 또 한 잔을 마셨다. 저 여자는 또 언제 배 기사와 눈이 맞았나. 다시 잔을 채웠다. 그 여자에게 서운한 마음이 드는 건 왜일까. 혼자 실실 웃었다. 술 두 병이 비었을 때 나도 빈 병처럼 가벼워졌다. 신을 벗고 쪽마루에 누웠다. 그렇다고 이미 완전히 남이 되어버린 아내를 막을 방도가 있을까. 또 그 여자가 떠올랐다. 내 아내도 저 여자처럼 저렇게 마른 풀잎처럼 헤매고 다녔을까. 누군가의 손길이 필요했을까.

그러다가 깜빡 잠이 들었다. 머리가 좀 아팠던 것도 같다. 그런데 그 사이를 비집고 통증이 몰려온 것이다. 작업대 위에서 진동 상태의 전화기가 울고 있다. 밤새 저것이 우는 소리가 괴물의 소리로 들린 걸까. 그러나 몸을 움직일 수 없다. 이번에는 왼쪽 가슴에서 휴대전화의 진동음처럼 통증이 신호를 보낸다. 눈을 뜰 수도 없다. 마지막 남아 있던 힘으로 버텨보지만 이미 피를 흘리고 있는 가슴을 주물러 비트는 것 같은 진통을 더는 견딜

수가 없다.

"아빠!"

다시 한번 울부짖는 선영이의 목소리가 들린다. 박 여사의 들척지근한 몸내, 아이의 풋풋한 몸내가 콧속으로 스민다. 눈이라도 껌벅여 주고 싶다. 손이라도 까닥거려 주고 싶다. 저 애에게 카프 가죽으로 신을 만들어 주고 싶었다. 6개월짜리 어린 송아지 가죽의 부드러움을 느끼게 해주고 싶었다. 평생 딸애의 신발은 책임지어 주리라 생각했었다. 나는 좀 더 살아 아이의 연한 발등을 덮어주어야 한다. 아이의 바람막이가 되어야 한다. 하지만 이제 기운이 스러진다.

"선영 아범 제발 정신 좀 차려봐!"

에구, 에구 하며 박 여사가 내 몸을 흔들어 댄다. 박 여사는 오늘도 신호등을 무시한 채 길을 건넜을 것이다. 보행자 신호등의 불이 빨간색이건만 오른쪽 한번, 왼쪽 한번 살피고는 채소나 콩 따위를 실은 유모차를 먼저 길로 밀어 넣고 유유히 건너오는 것이 박 여사의 버릇이었다. 아버지와 살 때와 달리 모자 위에 머플러를 뒤집어 쓴 모습은 영락없는 촌로였다. 그러다 사고라도 나면 어쩌려고 하느냐고, 신호를 지키라고 몇 번이나 말했지만 소용없었다.

"사람들이 융통성이 있어야지. 아무것도 없는 길에 왜

뻘쭘하게들 서 있어. 난 그렇게는 못 허겠더라고."

그러던 박 여사가 울며 넋두리한다. 어젯밤에 안 들어오기에, 전화해도 안 받기에, 혹시나 해서 애 학교 가는 길에 따라나섰더니만, 이게 무슨 날벼락이냐고, 이럴 수는 없다고 울부짖는다. 이제는 아픔조차 무뎌진, 죽어가는 내 가슴을 두드린다. 하지만 뜯겨나간 가슴보다 더 깊은 곳에 들어앉아 있는 마음 한구석에서 또다른 통증이 인다. 이렇게 갈 줄 알았으면 마음을 다 준 노인에게 어머니 소리 한 번 해드릴 걸. 그게 뭐라고 그리 인색하게 굴었을까.

"심장마비인 것 같은데요."

모르는 목소리가 말한다. 구급차 소리가 들린 것 같다.

"손톱에 피가 맺힌 걸 보면 살아보려고 무진 애쓴 모양이네. 엊저녁까지 멀쩡하던 사람이……."

배 기사의 목소리다. 선글라스를 낀 채 맨발인 나를 내려다보고 있을 것이다. 사는 동안에는 무슨 일이 있더라도 구두를 닦겠다고 했던가. 그는 오늘도 구두를 닦을 것인가. 춥다. 발이 시리다. 이 시린 발이 부끄럽다. 제발 누군가 내게 신을 신겨주었으면 좋겠다. 추위 속으로 발이 사라진다. 소리들이 멀어진다.

──── **열차를 타다** ────

신미송

2002년 《한국수필》로 수필 등단. 2006년 《한국문인》으로 소설 등단. 소설집 『당신의 날씨』, 수필집 『사랑은 증오보다 조금 더 아프다』 『나무늘보의 세상과 말트기』가 있음. 한울문학상 수상. shinsung017@hanmail.net

열차를 타다

 어두운 거리에 24시 편의점 두 곳에만 불이 켜져 있다. 모든 가게가 문을 닫은 시간이다.
 큰길을 사이에 두고 이쪽에 있는 편의점은 다소곳이 골목 쪽으로 돌아 앉아있고, 길 건너편 편의점은 허세를 부리듯 다리를 쩍 벌리고 앉아있는 모양새다. 사방이 공개된 길 건너 편의점보다는 좀 아늑해 보이는 골목 쪽 편의점 야외 탁자에 앉았다.
 엉덩이가 시리다. 낮에는 봄기운이 콧잔등에 내려앉다가도 해가 지면 밤바람이 차다. 어제, 오늘은 눈이 내려 새벽 기온이 더 쌀쌀하다.
 "끝은 단순할수록 마무리가 명쾌해집니다."

캔 맥주 3개를 가져온 하 박사가 깔끔하게 끝내자며 하나씩 배분을 한다. 엎드려있던 율이 고개를 든다. 율의 눈에 눈물이 매달려 있다.

율과 마주 앉은 하 박사가 캔 맥주를 따서 벌컥벌컥 들이킨다. 하 박사의 목젖이 탱탱하게 부푼다. 율의 눈물을 본 하 박사의 마음이 아린 것 같다.

율이 괜찮다고 한다. 율도 캔 맥주를 따서 벌컥 들이킨다. 나도 마지막 열차 칸에 거침없이 발을 올린다.

"오늘 우리 열차 탔네, 열차 탔어."

'오늘 우리 열차 탔네'를 큰 소리로 말하는 율이 아이처럼 환하게 웃는다. 하 박사도 나도 기분이 좋아진다. 열차를 탔으니 올해도 봄맞이를 했다.

하 박사가 엄지를 세워 보이며, "수고했습니다." 마무리 인사를 한다.

10차의 시작은 하 박사의 화원 비닐하우스, 끝은 24시 편의점. 나이트클럽에서 나와, 마지막 10차 술자리는 자동으로 편의점이 되었다. 24시 편의점에서, 이렇게 우리는 10차 술집 순례인 열차 타기를 완수했다.

우리 중 누구도 지난해에 열차를 탄 날짜를 기억하는 사람이 없다. 그래도 이 희한한 연례행사가 이어지고 있다.

누군가 목을 빼고 열차에 동승하고 싶어 기웃거리는

사람이 있으려나, 견딜 만하다면 넘볼 것까진 없다고 말해주고 싶다.

10차를 가는 술자리가 율에게는 다행이라 생각한다. 율은 한곳에 적응해 편하게 지내는 것을 못 견뎌 했다.

"지켜주지 못하고 로드 킬로 먼저 보내 놓고, 나는 잘 먹고 잘 자고 멀쩡하게 살고 있네요."

율의 사랑. 용납할 수 없다고 율의 부모와 가족이 핏발 선 비수를 꽂았다. 율을 아는 사람들은 등 뒤에서 비수를 날렸다. 홀로 남겨진 율은, 심장이 쪼여 들도록 자신을 학대했다. 율이 개업의도 페이 닥터도 벗어던진 이유다.

하 박사의 화원 비닐하우스, 화목난로 주위에 둘러앉아, 짬뽕 국물을 안주 삼아 배갈을 마셨다. 식도를 타고 넘어가는 싸한 느낌이 좋아, 나는 독주로 시작하는 술자리가 좋다.

"율 선생, 배갈은 우리한테 친절한데, 와 이 친절한 배갈을 빽알 빽알이라고 쇳소리로 부르십니까."

하 박사의 말이 자동 기술이다.

"배갈의 북경식 발음인 '빠이갈'이 우리나라로 건너오면서 '배갈'이 되었구먼, 와 야매스럽게 '알 알' 하십니까?"

하 박사는 율의 기분이 가라앉아 있으면 티키타카를

시작한다. 율과 하 박사의 티키타카를 보는 재미가 있다. 오늘은 율이 화음을 맞추는 대신에 손가락 하트를 날렸다.

내가 배갈을 처음 마신 날, 율은 취해서 탁자 모서리에 고개를 박고 잠들어 있었다. 코트를 벗어 율의 어깨에 덮어주었다. 율의 엄마인 것처럼 율의 누님이라도 된 것처럼, 율은 내가 보살펴야 할 아이로 보였다.

늪에 빠져 허우적거리며 깔딱 숨을 쉬던 내가 스스로 목숨을 내리려고 했던 날, 살 운명인지 구급차에 실려 병원에서 응급치료를 받고 살아났다.

다시는 예전처럼 살고 싶지 않았다. 먼 지역에 있는 요양병원을 찾았다. 내 돈으로 사설 구급차를 불러서 입원했다. 나는 몸도 마음도 재활이 필요했다.

종족을 알아보는 건 짧은 순간이다. 진료를 오는 촉탁 의사 율이 다음 진료 날에 사람을 데려왔다. 하 박사다.

눈가에 주름이 접히고 처진 볼살이 세월을 말해주는 나이인데, 나는 아직도 사람 관계가 어렵다. 하 박사와 어울리는 이 모임이 유일하게 내 몫의 말을 하는 모임이다.

세상의 잣대로 보면 율이나 나나 그런대로 살 만한 인생으로 보인다.

율은 부친의 재력으로 개업의로 있다가 원양어선을

탔다가 노숙자를 거쳐 촉탁 의사로 P시에 왔다. 바닷가 고향 도시에서 대 선주의 아들로 부귀영화를 누렸을 것 같은데, 율은 자신을 영혼이 로드 킬 당한 고라니라고 했다.

깜깜한 밤, 산속 도로에서 고라니 두 마리가 산길을 걷고 있었다고 했다. 이들을 향해 쌍라이트를 켠 자동차가 경적을 울리며 달려들었다. 당황한 둘은 몸이 굳어 움직일 수가 없었다. 덩치 큰 자동차와 부딪쳐 튕겨 나간 율의 몸은 낭떠러지로 떨어지면서 나뭇가지에 걸려 목숨을 건졌으나, 또 한 마리 고라니는 현장에서 즉사했다.

산속을 흔드는 굉음 소리에, 밭으로 변한 화전민 집터에 쳐 놓은 텐트에서 잠을 자고 있던 하 박사가 벌떡 일어났다. 현장으로 달려온 하 박사가 능숙하게 대처를 했다.

"TV 방송 프로그램 '나는 자연인이다'에 나오는 자연인보다 더 자연인으로 살고 있었는데, 세상이 싫어서 들어온 산속에서 율이를 만나게 된 기막힌 인연이 그저 고맙지요."

하 박사가 산 사람의 삶을 들려주었다. 개인사가 섞인 이야기는 거의 하지 않는 하 박사다. 하 박사는 산의 사철은 웅장하고 부산하고 울창하고 풍요롭지만, 무채색의 겨울 산이 가장 편하더라고 했다. 겨울 산은 숨죽인

채 엎드려 있어도, 묵직한 무채색의 덩어리가 좋다는 하 박사다.

상고대에 햇살이 비치면 영롱한 잉태가 숨이 멎을 만큼 아름답다며, 눈꽃·서리꽃·얼음꽃은 등고선을 가르는 칼바람과의 협업으로 동장군이 만들어 낸 예술작품이라고 했다.

"나는 손가락 하나 까딱하지 않았는데 비탈진 언덕까지 다 눈에 품게 해 준 겨울 산에서, 생명이 움트는 시간을 경험했지요."

겸허한 시간이었다고 했다.

하 박사의 학력은 중학교 졸업장이 전부지만, 공부 기간이 가장 긴 의과대학 졸업생 율이조차 어림없다. 생명 가진 모든 것에 대한 해박한 지식과 자연의 이치를 꿰뚫어 보는 예지력은 박사 학위 10개를 합친다 해도 범접하기에 벅차다. 존경으로 붙여준 박사 호칭이 민망할 만큼 하 박사의 지식은 넓고 깊었다.

산밑 세상으로 끌어준 율이가 있어서, 하 박사는 이쪽 세상에서도 그럭저럭 지낼 만하다고 한다. 하 박사는 친환경 조경공사를 하는 공간예술가이면서 설치미술가이면서 조경 기술자다. 사람살이와 인공물을 자연의 생태에 접목한 하 박사의 조경은 독특한 공간을 만들어 냈다. 의뢰인에게 친절하지 않은 하 박사라 조경공사에 타협이 없는데도 대기 줄이 길었다. 몸이 바빠지면 생각은 단순해져, 친환경 조경 일이 잘 맞는다고 했다.

"한 잔 더 해야지."

하 박사의 말에 율이도 나도 군말 없이 일어섰다.

"세상사 만상이라 누구 인생이든 까보면 대하드라마여. 율이 네 드라마가 조금 흥행하기는 했나 보다"

하 박사가 율의 허리에 손을 두르고는 '사나이로 태어나서 할 일도 많다만'으로 시작하는 군가를 부른다. 엇박자로 둘의 다리가 꼬여 잠깐 비틀거리더니, 바로 제식 훈련을 하는 군인처럼 척척 보폭을 맞춘다.

"쭈욱 가보자고."

하 박사가 손가락으로 가리키는 곳에 칵테일 바 간판이 보였다. 2층 계단을 올라와서 검은 테두리를 두른 묵직한 칵테일 바 문을 당겼다. 붉은빛이 도는 어두운 조명이 깔린 홀에 재즈 음악이 흐르고 있었다.

"빼액알로 절인 위점막에 가볍게 칵테일 한 잔 부어봅시다."

하 박사가 센 발음으로 악센트를 넣으며 아재 개그를 시전했다.

웰컴 푸드로 나온 통밀 크래커와 치즈가 담긴 접시를 몸쪽으로 당겨놓은 하 박사가, 요걸 어느 입에 바르라고. 와장창 깨고 나갑시다. 칵테일 잔을 들고는 원샷을 외쳤다. 율이와 나는 음미하며 한잔 마시기에 괜찮아, 노 땡큐를 외쳤다. 하극상 사태가 발생했다며 하 박사가 원샷을 해버렸다.

배갈이 휘저은 위가 따끔거려 가볍게 한 잔만 해야지 생각했다. 그런데 칵테일을 들고 보니 오늘, 10차를 완수할 것 같은 예감이 들었다. 소주 한 병이 최대 주량인 내가 말 술을 마셔대는 하 박사와의 술자리에 주빈으로 참석하는 데는 주량을 능가하는 교집합이 있어서다.

"첫 잔은 상큼하게 가봅시다."

하 박사의 요청을 존중해서 '민트 줄렙'을 주문했다. '민트 줄렙'은 내가 좋아하는 칵테일이기도 하다. 상큼한 민트 향이 버번위스키의 맛을 순화해 주는 청량한 칵테일이다.

율은 '모히토'를 시켰다. 럼주를 베이스로 얼음 알갱이와 민트와 라임즙이 들어가서 유리잔에 담긴 칵테일이 산뜻하고 맑다. 이 한 잔으로 율의 마음에 엉겨 붙어 있는 앙금을 개운하게 날려버렸으면 더없이 좋겠다.

하 박사는 '모스코 뮬'을 주문했다. 무색·무미·무취의 보드카를 베이스로 묵직한 느낌이 나는 구리 잔에 담겨 나왔다. '모스코 뮬'은 청량한 맛이 나는 칵테일이다. 보드카는 여러 차례 증류 과정을 거쳐 순도를 높인다. 40도가 주류지만 90도가 넘는 보드카도 있다. 단계별 증류를 거친 보드카는 하 박사의 연륜을 닮았다.

주문한 칵테일 석 잔은 공통분모가 있어도 각자 본연의 성격이 들어있다.

마시는 것에 더해 주원료, 발효와 증류 과정, 술과 관련된 유명 인사의 에피소드가 하 박사의 입에서 술술 나왔다.

"예술가를 사로잡은 알코올 도수는 황홀하다고 해야겠지요. 우리가 오늘 영접하는 알코올 도수도 못잖게 황홀하고 말고지요."

럼주로 만든 모히토에는 '노인과 바다'를 쓴 대문호 헤밍웨이를, 위스키에는 '마이 웨이'로 유명한 가수 프랭크 시내트라를, 보드카에는 러시아의 사실주의를 대표하는 작가 안톤 체호프를, 샴페인 '돔 페리뇽'은 팝아트의 거장 앤디 워홀을, 우리 전통주 막걸리에는 천국에서도 막걸리에 푹 빠져있을 것 같은 천상병 시인을 하 박사가 술자리에 초대했다.

극찬받는 작가의 손에서 탄생한 작품이 빛나는 세월을 살 수 있게, 생명을 불어넣어 준 예술가들이다. 그분들이 선택한 술과 관련된 에피소드를 하 박사가 실감 나게 풀었다. 듣는 재미가 쏠쏠했다.

6도의 막걸리부터 12도의 샴페인, 20도~40도의 럼, 40도의 위스키, 40도~60도의 보드카. 난이도는 서로

동급이라며 술의 도수는 그 술 고유의 족보라 그 자체로 황홀하다는 하 박사의 말에 고개를 끄덕였다. 여기에 인생이 첨가되면 오늘 술자리는 힐링의 시간이 될 것이다.

'한 잔 먹세그려 또 한 잔 먹세그려. 곳 것거 산 노코 무진무진 먹세그려.' 화원 비닐하우스 술자리에서부터 권주가 '장진주사'를 읊으며 호방한 애주가 송강 정철에 빙의 되어 술자리 흥을 돋우던 하 박사다.

한자리에만 주야장천 눌러앉아 있지 말고 세상의 술자리를 두루 섭렵해 보자는 하 박사의 의중을 알아차린 나는 패를 던져 놓았다.

"한 눈에는 기쁨을, 다른 한 눈에는 눈물을 머금고, 달콤 쌉싸름한 술잔을 입술에 적셔보자고."

하 박사는 인용인 듯 아닌 듯, 평범한 듯 아닌 듯, 핏발 선 현실을 환상의 일상으로 고백하게 만드는 재주가 있다. 나와 율은 자연스럽게 덮어둔 속을 보여 주었다.

초식남, 건어물녀, 히키코모리 같았던 셋이 마음을 고백했다. 순정품 초식남도 건어물녀도 히키코모리도 아닌 그 언저리 어디쯤의 짝퉁일 수도 있지만, 서로의 가슴을 여는 데 주저하지 않았다. 편히 앉을 수 있게 방석을 내준 손길이 있어서 결속되었다고 생각한다.

하 박사와의 술자리는 한 해에 서너 번, 많아야 대여섯 번이다. 잊을 만하면, 살아있지요? 연락이 온다. 그러고 보니, 내가 먼저 하 박사에게 연락해 본 적이 없다.

 연거푸 만나는 해도 있고, 띄엄띄엄 만나는 해도 있고, 정확하게 사계절을 나누어 만난 적도 있다. 술자리 텀이 길든 짧든, 하나의 불문율이 지켜지고 있다. 봄이 오는 조짐이 보이면 자연스럽게 10차를 가는 술자리를 가졌다.

 날짜를 정해놓은 것도 아니고 의도한 것도 아닌데, 때 되면 열차를 탔다. '10차 가자'를 '열차 타자'고 호기를 부린 율의 말이 시원이 되었다. 그렇다고 열차회도 아니고 주당 모임도 아니고, 기념비적인 이름을 붙이지는 않았다.

 해가 바뀌어, 신정 구정 입춘이 다 지나간 어느 날이었다. 단체 카톡으로, 초대한다는 메시지를 받았다. 약속 날짜에 하 박사의 비닐하우스로 오라는 문자였다.

 며칠 포근한 날씨였는데 약속 날에 강풍을 동반한 폭설이 내렸다.

 '오늘 밤 많은 눈이 올 것으로 예상됩니다. 출퇴근 시 가급적 대중교통을 이용하시고, 적설 취약 구조물·비닐하우스·담장 안전 점검 등 시설물 예방조치에 유의 바랍니다.' 시에서 반복적으로 안전 안내 문자를 보냈다.

 하 박사는 뜨끈뜨끈하게 화목난로 피워놓겠다며, 이런 날씨야말로 술맛 제대로 난다고 모임을 진행했다.

주방장 실력을 갖춘 하 박사가 육해공 음식 재료로 푸짐한 상을 차렸다. 먹고 마시고 웃고 즐겼다. 그러다 누가 먼저인지 쌓인 눈을 뭉쳐서 숨겨와서는 목덜미에 집어넣었다. 등짝 시퍼런 냉기에 소름 돋은 등을 털고, 너도나도 눈을 뭉치려고 비닐하우스 밖으로 뛰어나왔다. 인적 끊어진 주위가 고요했다. 눈밭을 뒹구는 강아지처럼 신나게 놀았다.

"겨울이야말로 땀이 필요한 계절이지."

　　땀 내기 좋은 계절에 땀나도록 뛰어보자는 하 박사의 구령에 맞춰 구보도 하고, 눈싸움도 하고, 우리 세상인 양 떠들썩하게 장난을 쳤다. 입김을 불며 비닐하우스로 들어오는데, 또 안전 안내 문자가 들어왔다.

　　'내일 오전까지 전국에 많은 눈이 예보되어 있습니다. 폭설로 도로가 결빙되어 미끄럼 사고 우려가 큽니다. 감속운행, 차간 거리 유지 등 안전 운행에 유의 바랍니다.' 국토교통부에서 보낸 안전 안내 문자다.

　　문자를 본 하 박사가 말했다.

"이런 오진 날은 술집 점검이 제격이지요. 까짓거, 날 밝을 때까지 가봅시다."

　　궂은 날씨쯤이야 뭔 대수냐며, 율이와 나의 어깨를 툭툭 쳤다.

"p시는 손바닥만 해서 이런 날, 늦은 시간까지 문 여는 술집이 없어요."

고약한 날씨라고 안전 운전하라는 문자를 이래 주는데, 선량한 백성답게 말 듣자며 전철을 탈 수 있는 곳으로 이동해 큰 도시로 나가자고 했다.

유장한 척해도 이럴 때 보면 대책 없어 보이는 남자 둘과, 이슬 눈 가진 소심 소심한 여자 한 명이 부대원인 10차 전술조는 이렇게 10차를 시작했다. 10차 전술조답게 전우애로 굳게 단결한 여섯 개의 다리가 밤새 쏘다니며 술집을 전전했다.

낙관적이었을 때가 있었나? 선한 조언으로 힘을 실어 준 이가 있었나? 오로지 나에게 인내만 요구했다. 자잘한 파동에도 흔들리다 보면 무너진다고, 발 담그고 쉬어 가는 것도 좋은 방법이라고, 걱정해 준 이가 있었나? 긴 침체기가 계속되어 나에게 회복의 시간이 오기는 할까? 희망 고문조차 사치였던 시절이 있었다.

꽁무니를 빼며 차갑게 사라졌다 돌아와서 또 가스라이팅을 하는 현실에 대항할 수 없게 된 나는 무기력하게 끌려다녔다. 나는 끊임없이 나에게 하자가 있을 것이라고 반성했다.

아버지 쪽과의 관계는 열아홉 살에 끝이 났다. 다행히 공부 머리는 괜찮았다. 한때는 유명세로 이름 날린 여대에 들어갔다. 낭만을 찾을 여유가 없는 나는 아르바이트생으로 바빴고 시험공부로 바빴다.

  학점이 높아서 졸업 후 취업은 쉽게 했지만 사내 분위기를 파악하면서 어울리지를 못했다. 마음 둘 곳이 없었다. 몇 년을 왕따처럼 겉돌다가 퇴사했다.

  공부는 혼자 파면 되는 것이라 학원 강사로 재취업을 했다. 막상 학원 강사로 일을 해 보니 학원 강사가 내 기질 때문에 어려움이 있었다. 강의 준비를 철저히 해서 수업에 막힘은 없었는데, 수업이 단조로워 집중도와 재미가 떨어진다는 불만의 소리가 들렸다.

  철저히 성과보수로 운영되는 학원이라 큰 학원에서 중소 학원으로 옮겼다. 이곳에서도 실력을 갖춘 나보다, 인기 강사는 학생을 휘어잡는 수업 노하우가 있었다. 내 영역은 쪼그라들었다. 수강생과 눈을 맞추기가 두려웠다. 당돌한 학생의 태도에 원장의 지탄은 나에게로 쏟아졌다.

  나는 다시 지방의 소도시 몇 군데를 거쳐서 마지막으로 군 소재지로 자리를 옮겼다. 원장이 여자였다. 숙식 제공과 여선생님을 우대하겠다는 채용 조건이 마음에 들었다.

  원장은 친절했고 다정했다. 가족같이 지내자는 원장이 가식인가 싶으면서도, 곁을 주는 원장이 고마웠다.

배다른 형제자매들이 나를 찾아왔다. 중년이 된 그들을 얼른 알아보지 못했다. 아버지가 돌아가셨다고 했다. 이미 장례를 치른 후였다.

사십구재를 지내는 날, 화장한 아버지를 묻은 네모난 검은 묘비 돌판 앞에 꿇어앉았다. 아버지 장례식에도 오지 않은 몹쓸 년이라는 소리가 들렸다. 희끗희끗하게 머리가 센 여자가 배은망덕하다며 옆 사람과 수군거렸다. 그들이 내민 유산 포기 각서에 사인을 하고, 나는 자주 독립 가구주가 되었다.

불현듯, 여고 졸업식 날이 떠올랐다. 나는 축제 분위기로 떠들썩한 교정을 도망치듯 빠져나왔다. 반 친구들에게 졸업 축하 손님 하나 없는 내 모습을 들키고 싶지 않았다. 나는 뼛속까지 혼자였다.

내가 나온 대학 졸업장이면 이 읍에서는 먹히는 간판이다. 원장이 제안을 했다. 자기 아들과 결혼해서 학원 운영을 맡아달라고. 부탁이 간곡했다. 자기는 이제 일선에서 물러나 손주 보는 재미로 살겠다고 했다.

내 졸업장이 수강생을 모집하는데 쓸 만하다고 판단한 원장이 아들을 꼬드겼다. 한국에 들어와서 나랑 결혼하면 학원과 건물을 물려주겠다고 했다. 아들이 방탕한 생활을 접고 한국에 정착해 살기를 간절히 원했던 터라, 이래저래 좋은 기회라고 생각한 듯했다.

원장의 아들은 나보다 다섯 살 연하였다. 필리핀에서 취미로 유튜버를 하면서 건실하게 사업체를 운영하며 산다고 했다. 원장의 아들이 나를 대하는 눈빛에 경멸이 보였어도, 아직 친숙해지지 않아 내가 좀 낯선 모양이라고 이해했다.

며느리가 되고부터는 온갖 잡음이 들렸다.

시어머니가 된 원장의 잔소리 폭격을 들어야 했고, 남편이란 사람은 내 몸에도 관심이 없었다. 데면데면 지내다가 필리핀으로 가 버렸다. 현지 생활을 정리하는 데 시간이 필요하다고 했다. 해가 바뀌어도 시간이 걸린다는 말만 원장이 전했다.

남편이란 호칭이 어색했던 그는, 이미 그곳에 여자가 있었고 아이도 있었다. 사업체를 운영한다고 했는데, 정해진 일이 없는 백수로 빈둥거리며 살고 있었다. 유튜브 콘텐츠를 만든다며 카메라를 들고 다니지만, 구독자 수는 늘지 않고 씀씀이는 커서 엄마의 제안이 솔깃했다.

원장의 아들은 한국에 들어와 나와 결혼식을 치렀다. 그러나, 경제력 확보를 위한 이벤트는 곧 싫증이 났다.

내 남편인 원장의 아들은, 깃털이 화려한 날개를 달고 있었다. 즐거움과 쾌락을 찾아 사는 사람인데, 이곳은 날마다 축제처럼 살고 싶은 사람이 지낼 만한 환경이 아니었다. 화려한 날개를 펼쳐 날고 싶어 안달이 난 그는,

자유로운 그곳 생활이 체질이라고 돌아가 버렸다.

 순진하고 여린 내 아들인데, 네 남편인 애 마음 하나 못 잡느냐고, 왜 그 모양이냐고. 근본 모르는 늙은 여자한테 덥석 잡혀서 집안 망조에 지역 유지인 내 체면에 망신살이 뻗쳤다고, 원장은 시도 때도 없이 악다구니를 퍼부었다.

 내 변명은 듣기도 싫다며, 내 목소리를 듣는 것만으로도 열불이 나 머리가 터질 것 같다고, 입 다물라고 했다.

 원장의 가족뿐 아니라 청소 아줌마한테까지 멸시받고 사는 삶은 겨우 할딱거리며 숨만 쉬는 지경이었다.

 요양병원에서 나를 건져 준 사람이 율이다. 별 희망도 의욕도 없이 지내는 나에게, 기대어 쉬어가라며 날갯죽지를 내어주었다. 하 박사는 내 존재의 존귀를 알게 해 준 은인이다. 나를 보는 시선이 따뜻했다. 언 발을 동동거리며 극심한 편두통에 시달리던 나는 소생했다.

 나는 인연을 맺은 요양병원에서 나보다 약한 처지가 된 환자를 돌본다. 고학력 요양보호사라고 대우도 받는다.

 곤한 밤이 오면, 어린 왕자를 만나는 꿈을 꾸곤 한다.

 은하수가 내려오는 깊은 밤. 어린 왕자는 별빛을 타고 부실한 잠금장치가 있는 내 방의 창문을 넘어와, 침대 머리맡에 서서 나를 지켜보았다. 눈을 뜬 내 얼굴에 미소가 피어나면, 어린 왕자는 봄의 전령사처럼 봄기운 한 움큼을 입김으로 불어주었다.

언젠가부터 꿈속의 어린 왕자는 율의 모습으로 나타나 내 뺨에 보조개를 만들었다. 율의 머리를 쓰다듬었다. 손바닥에 닿는 머릿결이 부드러워 심장이 간지러웠다.

칵테일 바 아래층이 호프집이다. 떠들썩한 분위기가 젊다. 대양을 항해하는 함대의 포성처럼 젊음의 열기가 뜨겁다. 한쪽 벽을 채운 대형 스크린에 축구 경기 영상을 틀어놓았다. 잉글랜드 프리미어리그다. 한 무리 젊은 이들이 토트넘 팀을 응원하고 있었다. 손흥민 선수가 주장으로 뛰고 있어서 한국 축구 팬들이 좋아하는 구단이라고 했다.

무언가에 빠져 열정을 쏟아본 경험이 없는 나는, 그들의 젊은 함성이 부러웠다.

수제 맥주 기업 세븐브로이 맥주가 토트넘과 공식 라이선스 계약을 맺고, 토트넘 맥주 '넘버 세븐(NO.7)'을 선보인다고 호프집 사장이 설명했다. 최고급 맥아와 홉을 사용해 '라거'로 출시할 것이라는 부연 설명도 들었다.

관심 밖의 세상이 관심으로 들어왔다. 다음 열차 탑승

에 '넘버 세븐'을 추가하자고 합의를 봤다. 이런 소소한 일들이 재미있어졌다.

토트넘 응원으로 마음 뭉친 젊은이들과 잉글랜드 맥주를 마셨다. 나는 아는 맥주가 기네스뿐이라 호기롭게 기네스를 주문했다. 흑맥주의 쌉싸름함이 기분 좋았다. 나를 힘차게 응원해 줄 힘이 생겨나는 것 같았다.

갈 길이 멀었다. 토트넘의 승리에 함성이 뜨거운 호프집을 나왔다. 호프집의 응원 열기가 가시지 않아 노래방에서 열광의 자축을 즐겼다. 맥주병으로 러브샷도 하고, 어깨를 걸고 떼창도 하고, 야단스러운 술자리를 가졌다.

하 박사의 노래 실력이 가수 못지않다. 조영남의 노래 맛을 제대로 살리는 음색이다. '찔레꽃 찻집'이란 노래를 처음 들었다. 시적인 가사와 멜로디가 서정적이었다. 찻집 창가 자리에 앉아서 누군가를 기다리는 나의 달콤한 추억이 사실인 것처럼 환영으로 보였다.

내 안의 끼가 분출되어 나를 달뜨게 했다. 나를 채굴하는 재미가 있었다. 나도 여태껏 모르고 살았던 나를 보는 일이 흥미로웠다.

율이 쭈뼛거리며 분위기를 타지 못하고 땅콩 안주만 집어 먹고 있어서, 율의 손을 잡고 춤을 추었다. 춤사위가 쑥스러운 율이 벽에 등을 붙이고 서 버렸다. 술이 깨는 것 같았다. 흔들리는 몸에 단단히 힘을 주고 서서 율과 눈을 맞췄다. 율의 눈동자가 떨렸다.

다음 코스로, 하 박사가 조경공사를 의뢰한 고객이 하는 일식집이라며 안내했다. 주인은 골프장과 고급 음식점 여러 곳을 운영하는 사업가라고 한다. 사장은 외지에 있어서 죄송하다며, 주방장에게 미리 주문을 넣어놓았다고 하 박사에게 전화를 했다. 보편과 평균을 싫어하는 하 박사답게 사장의 특별 메뉴를 거절하고, 우리 식으로 음식을 주문하고 청하를 시켰다.

숫자 3을 징크스처럼 섬기는 하 박사가 술을 주문했다. 청하 오리지날, 청하 드라이, 별빛 청하 세 병이 왔다. 나는 '별빛 청하'에 이미 매료되었다. 이름이 주는 몽롱함에 마시기도 전에 최면이 걸렸다. 탄산을 넣고 스파클링와인을 가미하여 기포가 톡톡 터지는 상쾌함이 좋았다. 달콤한 맛, 과일 향은 행복한 기억을 만들었다.

술집을 10차까지 간다고 하면 엄청난 주량을 자랑하는 술꾼으로 생각하겠지만 그렇지 않다. 구급차에 실려 간 후유증이 있어서 뒤집힌 위가 무적과는 거리가 멀다. 호기롭게 원샷도 하지만, 소주잔 반을 채운 잔을 들고 건배만 부지런히 한다. 술잔 부딪히는 소리가 풍경소리처럼 맑게 울렸다.

다시 포장마차에서 매운 닭발을 안주로 소주를 마셨다. 소주 안주로 먹기는 좋은데 비주얼은 고상하지 않은 무뼈 닭발. 헤집고 파고 뛰어다니고 발차기로 승부를 가리느라 분주했을 닭의 발이다. 고단하다고 정의하면 재미없다.

깨끗하고 마시기도 부담 없는 소주와 닭발의 콜라보가 좋았다. 이 집에서부터 하 박사의 말 수가 현저하게 줄어들었다. 혼자서 소주 3병을 마신 하 박사의 눈이 풀어졌다.

진두지휘를 내가 해야 할 것 같았다. 하 박사가 무너지면 열차는 종착역에 도착하지를 못한다. 한 모금 마신 소주잔을 내려놓았다. 키득키득 웃음이 터졌다. 멈춰지지가 않았다. 웃음도 하품처럼 전염성이 있다. 하 박사도 율도 따라 웃었다. 웃음을 멈출 수 없어서 사레가 든 하 박사가, 이래야 맞습니다. 뭐가 심각하던가요? 살펴 물어봐 주었다.

열차에 탑승해 역 하나를 통과할 때마다 무게가 덜어지는 것이 느껴졌다. 그러다 가벼워진 보따리가 허전해, 허파에 바람든 사람처럼 실실 웃음이 터진 것이다. 로이 리히텐슈타인의 팝아트 작품 '행복한 눈물' 속 여자처럼 내 복잡한 감정은 겉과 속이 다른 이중성으로 나를 비틀었다.

율이 차분히 와인을 마시자고 했다. 가끔 가는 장소가 있다고 해서 와인 바를 찾아갔다. 와인 바 '피그말리온'

은 독특했다. 간판도 없고 출입구도 노출되지 않게 해 두었다. 스피크이지 바 형태로 운영하는 곳이라고 한다. 갤러리 같은 곳에 들어가서 핸드폰 카메라로 힌트를 찍으면 인스타그램으로 연결되면서 입장하는 방법이 나왔다. 단골 우선이었다. 스피크이지 바는 미국의 금주법 시대에 간판도 없고 출입구도 숨겨 은밀히 영업하던 주점이라고 한다.

가끔은 이런 공간이 필요하겠다는 생각이 들었다. 아는 사람만 쉬쉬하면서, 우리끼리만 함께 하면서, 몰래 술을 마시는 컨셉이다. '피그말리온'에서 들뜬 기분을 누르면서 차분해지는 술자리를 가졌다.

술집 대부분이 영업이 끝난 골목길 모퉁이에, 불이 켜져 있는 술집 간판이 보였다. 막걸리를 파는 실비집이었다. 막걸릿잔에 새끼손가락을 휘저어 원샷을 하고, 막걸리에 사이다를 섞은 막사도 마셨다.

하 박사가 조선 시대의 폭탄주라며 한 잔씩 돌렸다. 탁주에 소주를 섞어 만든 혼돈주다. 옛사람의 풍류라고 공손히 잔을 받았다. 풍류는 즐기기 나름일 터. 내 취향은 막사였다.

영업을 종료한 밤늦은 시간, 실비집에서 나와 어두운 밤거리를 어슬렁거리는 우리가 우습기도 하고 재미있기도 했다. 현란한 조명을 쏘아대는 나이트클럽이 보였다. 우리, 저기 갈까? 17번 웨이터 삼손이 격하게 환영해 주어, 졸지에 사장님 사모님으로 신분이 높아졌다.

사이키 조명 현란한 나이트클럽에서는 다정해야 한다. 귀에 바짝 대고 말을 해야 소통이 된다. 쑥스러워 못 해 본 대화법을 시작했다.

기본으로 나온 맥주와 과일 안주가 푸짐했다. 댄스 타임 두 번에 블루스타임 한 번으로 무대를 누볐다. 무대에서 좌석으로 돌아오면 술을 마셨다. 몸이 붕 떠오르면서 기분 좋게 울렁거렸다. 발그레한 내 뺨이 수밀도 복숭아가 되었다.

어쩌다 가족이 되고, 어쩌다 동료가 되고, 어쩌다 월급봉투를 섬기게 되고. 어쩌다 보니 그 하루하루가 삶이 되었다. 그 틈새에서 나는 선발대를 만나 섬처럼 남아 있지 않고 일탈에 합류했다.

"어여쁘다. 넌 꽃처럼 어여쁘다."

하 박사의 격려에 나는 진짜 어여쁜 소녀가 되었고 어여쁜 아가씨가 되었고 원숙미 풍만한 어여쁜 중년이 되었다. 깐깐하고 섬세한 자존심을 부추기는 밤이었다.

열차에 탑승한 우리 세 사람, 중증 켈로이드 흉터가 있는 종족임을 처음부터 알아버렸다. 감춘다고 감춰지는 것이 아니라는 것도 안다. 켈로이드를 안고 살아가는 일은 고통이다. 수치심을 불러일으키고 자존감이 낮아져

자의식이 뒤틀린다.

  매끈한 상태로의 회복은 어렵겠지만, 스테로이드 주사를 맞고 일부는 수술로 절제하고 레이저 치료를 병행하면 완화가 된다고 한다.

  하 박사가 명의 역할을 해 주었다. 우리 셋 중에서 하 박사의 켈로이드 흉터가 가장 흉할 것 같다는 생각이 들었다.

  '완벽'이라는 말에 현기증이 인다. 나의 전부가 너의 전부일 것이란 기대는 압박이다.

  열차를 타자고 소동을 벌인 것도 치유의 방법이다. 어쩌다 만난 문밖의 가족. 서로가 서로에게 도움닫기로, 지탱해 주는 힘을 나누었다.

  세상이 내 손에 쥐여준, 손때 묻어 꼬깃꼬깃한 계산서. 나는 누렇게 변한 계산서를 미련 없이 던져버리고, 그만 열차에서 내린다.

명자

양진채

2008년 《조선일보》 신춘문예에 소설 등단. 소설집 『푸른 유리 심장』 『검은 설탕의 시간』 『변사기담』(장편소설) 『달로 간 자전거』. 산문집 『열전』 『인천이라는 지도를 들고』가 있음. 스마트소설박인성문학상, 문학비단길 작가상, 인천문학상 수상. hanajaya@hanmail.net

명자

 방문을 열었다. 아직 잠기지 않은 어둠은 지독한 냄새를 차곡차곡 쌓고 있었다. 죽음에 더 가까이 다가간 냄새였다. 명자를 숨 쉴 수 없게 옭아매는 냄새, 어떻게 해도 사라지지 않는 지독한 거머리 같은 냄새. 명자는 분노를 삼키듯 참았던 숨을 뱉었다. 회색빛 어스름에 익숙해지듯 이 참을 수 없는 냄새가 참아질 때까지 방문 앞에 서 있었다.

 이불을 뒤집어쓰고 있는 그는 어둠에 잠긴 가구였다. 그의 가슴께를 바라보았다. 이불이 오르내리지 않았다. 몇 초가 흘렀다. 무거운 세계의 고요한 잿빛 단편들. 더 이상 이 냄새와 이 지긋지긋한 시간이 끝나길 빌며 형광

등 스위치를 눌렀다. 안정기가 깜빡거렸다. 수명이 다 된 형광등은 바로 켜지지 않고 켜질 듯 말 듯 두어 번 반복했다. 불빛이 깜박이는 동안에도 이불은 움직이지 않았다. 한순간 형광등은 힘겹게 그 핵심까지 분열하면서 마지막 힘을 모으듯 어둠을 찢고 무정한 방을 환하게 비췄다.

 방 안으로 한 발 내딛었다. 매번 퇴근해서 방에 들어설 때면 다가올 상황이 그 전과 다르기를 바랐다. 두려움을 억누르면서. 그래도 두려워지는 건 어쩔 수 없었다. 심장이 빠르게 뛰면서 가슴이 답답했다. 명자는 아무런 움직임도 없는 이불을 뚫어지게 바라보면서 천천히 이불깃으로 손을 뻗었다. 이불을 들추면 보게 될 그 어떤 것에도 놀라지 않으리라 매번 다짐했지만 어쩔 수 없이 손끝이 떨렸다. 그때였다. 다른 손에 들고 있던 검은 비닐봉투 안에서 소주병이 부딪쳤다. 그게 신호라도 되는 것처럼 움직이지 않던 이불 끝이 내려지면서 아귀 같은 손가락이 비어져 나왔다. 명자는 흠칫 놀라 이불을 쥐려던 손을 서둘러 거두었다.

 바랜 눈동자가 소리 진원지를 찾느라 불안하게 흔들렸다. 명자는 절망도, 안도도 아닌 한숨을 쉬었다. 아직 맞닥뜨려야 할 그 순간이 다가오지 않은 것이었다. 무표정하던 눈빛이 명자를 향하고, 도저히 벌어지지 않을 것 같은 입술이 움직여 명자를 보고 헤, 웃었다. 명자는 못 볼 것을 본 것마냥 가볍게 치를 떨며 그를 외면하고 방을 돌아 나왔다. 그 웃음을 애타게 갈망하던 시간은 오래전에 지나가버렸다.

명자는 싱크대로 가서 붉은색 뚜껑의 소주병을 땄다. 밥통을 열었다. 삼 일째 밥통 안에 들어 있던 밥은 누렇게 변해 있었다. 밥에서도 냄새가 났다. 이 집 안의 모든 냄새는 죽음으로 달려가고 있었지만 그 끝까지 다가가지는 않았다. 명자는 밥을 퍼서 냉면 그릇에 담고 소주를 붓다가 한 잔쯤 남긴 뒤 마셨다. 싸르르 명치 끝을 지나는 소주의 느낌이 고스란히 전해졌다. 빈병을 세탁실 한쪽에 쌓인 병들 위에 얹었다. 이 많은 초록색 병은 명자에게 알 수 없는 힘을 주었다. 그래, 소주가 있다. 그의 생명줄을 끈질기게 잡고 있지만, 어느 순간 명자를 대신해 야멸차게 내동댕이쳐줄 소주가 있다.

그가 소주병이 부딪치는 소리를 들을 때부터 파블로의 개처럼 침을 흘리며 명자의 움직임을 주시한다는 걸 알고 있었다. 그는 이 지독한 냄새 속에서도 소주 냄새를 찾아 맡고 있을 거였다. 명자는 그걸 알면서도 서두르지 않았다. 소주에 만 밥을 들고 가자 그가 혀로 거스러미가 인 입술을 달싹이며 핥았다. 이미 그의 몸에서 살이 빠르게 빠져나가고 있어 뼈에 가죽만 입혀 놓은 것 같았다. 명자는 그런 그의 입에서 혀가 움직이는 것을 이물스럽게 바라보았다. 어떤 목숨은 한 순간이고, 어떤 목숨은 이리도 질긴지 명자는 때때로 목숨이라는 것에 치를 떨었다.

명자가 다가가자 앙상한 손가락이 그릇을 쥐려고 달려들었다. 명자는 차가운 손을 누르고 먼저 소주를 숟가락으로 천천히 떠 넣어주었다. 소주가 입안에 흘러들자마자 쩍쩍 입을 벌렸다. 빨리 더 넣어달라고 안달을 하고 있었다. 질긴 목숨이었다. 명자는 잔인하게 그 모습을 보면서 소주에 만 밥을 떠 넣어주었다. 넙죽넙죽 받아먹었다. 숟갈로 떠 넣어주는 것이 양에 차지 않는지 엉덩이를 들썩였다. 경멸에 찬 명자의 시선쯤은 아랑곳하지 않았다. 부끄러움이나 치욕 같은 감정들은 이미 그를 떠났다.

다 먹어갈 때쯤 방심한 틈을 타고 그의 손이 그릇을 낚아챘다. 그 바람에 남아 있던 밥과 소주가 바닥에 흩어졌다. 그는 그릇이라도 핥아먹을 듯했다. 명자가 다시 그릇을 빼앗으려 했지만 어디서 그런 힘이 나오는 것인지 그릇을 붙든 아귀의 힘이 대단했다. 손가락 하나하나를 뜯어내고서야 그릇을 뺏을 수 있었다. 눈은 허공에 두고 바닥을 더듬어 손가락에 소주를 묻히고 밥알을 주워 먹었다.

싱크대에 그릇을 내던졌다. 스테인리스 그릇과 수저가 부딪히며 요란한 소리를 냈다. 소주를 먹은 그가 얌전해지길 기다렸다. 술을 이길 때 그는 술만 먹으면 길길이 날뛰었다. 그러나 지금은 술을 먹으면 얌전해졌다. 담배에 불을 붙였다. 깊게 빨아들이고 내뱉기를 몇 번 하고나자 살 것 같았다. 무슨 전쟁이라도 치르듯 실내에서 금연 운운했다. 담배 냄새만 나면 혐오스런 눈길을 보냈다. 모르지 않았다. 밖에서는 담배를 피울 생각도 들지 않았다. 그러나 집에만 들어오면 담배를 피우고 싶었다. 명자는 담뱃갑에 새겨진 경고그림을 봤다. 끔찍하다는 생각이 들지 않았다. 그 어떤 것도 명자의 삶만큼 끔찍한 것은 없었다. 이 집에서는 담배 냄새가 가장 순한 냄새일지도 몰랐다. 담배 한 대를 필터 가까이까지 피우고 껐다. 그도 담배 냄새를 맡을 테지만 어쩔 수 없다는 걸 안다. 담배를 빨아들일 힘도 없었다.

담배를 끄고도 싱크대에 기대 서 있었다. 이제 그의 기저귀를 갈아줘야 했다. 그래야 냄새가 덜 했다. 그걸 알면서도 선뜻 다시 방에 들어가고 싶지 않았다. 일부러 담배 한 대를 더 피웠다. 입안 가득 담배 맛이 남아 있으면 그래도 좀 나았다. 잠들기 전에만 양치를 했다. 치약의 민트향처럼 명쾌한 냄새는 집 안의 다른 냄새를 더 지독하게 느끼게 했다. 그건 지하방에서 온갖 냄새를 붙이고 환한 햇살 아래로 나설 때 기분이기도 했다.

두터운 마스크를 겹쳐 쓰고 일회용 비닐장갑을 끼고 종일 차고 있던 기저귀를 벗겨냈다. 세 겹의 마스크를 썼는데도 냄새가 스며들었다. 참으려 해도 헛구역질이 올라왔다. 숨을 참고 목구멍을 닫으려니 눈물이 비어져 나왔다. 다른 날보다 냄새가 더 독했다. 묵직한 기저귀 무게보다 더 먼저 기저귀에 싸놓은 똥에 눈이 갔다. 색깔이 갈색에 가까웠다. 기저귀 안쪽에 검붉은 얼룩이 보였다. 혈변이었다. 서둘러 물티슈로 허벅지를 닦고 주름진 안쪽도 닦았다. 주름 사이는 잘 닦이지도 않았다. 닦아낸 물티슈에도 검붉은 피가 묻었다. 냄새가 새나가지 않게 기저귀와 물티슈를 비닐봉지에 담아 꼭꼭 묶었다.

그가 대소변을 제대로 가리지 못한 지 한 달 만이었다. 두 달 전 얼른 큰 병원으로 가보라는 의사를 말을 듣고도 명자는 주저하지 않고 그의 손목을 끌고 집으로 왔다. 집 앞 슈퍼에서 그가 좋아하는 소주를 두 병 샀다. 그날 이후 반찬을 만드는 대신 소주를 샀고 밥을 말아 먹였다. 하루라도 빨리 죽기를 바랐다.

그가 잠든 것을 확인하고 방을 나왔다. 개새끼. 누구에게랄 것도 없이 욕이 튀어나왔는데 욕 끝에 눈물이 나왔다. 무슨 눈물인지 알 수 없었다. 잠깐 사이지만 어느새 좁은 주방에도 방에서 나온 냄새가 배었다. 락스를 넣은 분무기로 싱크대 주변에 분사했다. 물을 섞었지만 다른 곳에 뿌렸다가는 탈색되어 난감했다. 염소계 락스 냄새가 공기 중에 퍼졌다. 독한 냄새가 코를 찔렀다. 처음에는 방향제를 썼지만 그 냄새만큼은 어쩌지 못하는 것 같았다. 냄새를 없애는 것이 아니라 냄새에 냄새를 더하는 꼴이었다. 표백제는 차라리 병원 냄새 같았다.

아들은 전화를 받지 않았다. 둘이 살 때는 가끔 본드도 불고 여자애들과 자는 것도 같았지만 집에 오면 얌전했다. 명자는 그런 것들을 눈감았다. 스무 살이 되가는 그 애를 이제는 어찌해볼 도리가 없었다. 늦둥이로 태어난 그 아이를 보며 누렸던, 가졌던 꿈은 모두 바랠대로 바래 기억나지도, 보이지도 않았다. 의도적으로 그 바랜 것들을 생각하지 않으려고 했다. 알아서 제 길을 찾아가길 바랄 뿐이었다. 간간이 외박을 했지만 이렇게 일주일씩 안 들어오진 않았다. 아들은 남편이 집에 들어오자 집을 나가 들어오지 않기 시작했다. 며칠에 한 번씩 들르기도 했지만 방에 앉지도 않았다. 아들을 붙들지 않았다. 어차피 잘 데도 없었다. 어디든 제 한 몸 누워 잘 자리가 있길 바랄 뿐이었다.

냉장고 옆에 개켜두었던 이불을 펴고 누웠다. 이가 아팠다. 잠들 때에야 이와 잇몸이 모두 들떠 아프다는 걸 알고는 했다. 하루 종일 입을 앙 다물고 있었다. 그걸 느낄 때마다 입 주변의 근육을 풀고 입을 벌렸다가 닫지만 어느새 입은 다시는 열리지 않을 것처럼 굳건하게 닫혀 있었다. 닫혀 있는 건 입뿐이 아니었다. 다정하거나 부드러웠던 마음도 다시는 열리지 않았다. 모질게 사나워졌다. 오버록을 촘촘하게 박아 좀처럼 뜯어지지 않는 바느질처럼. 돌이켜보면 즐거웠던 적이 없는 삶이었다. 명자는 앞으로의 삶도 별반 다르지 않으리라는 것을 알았다.

선잠에서 오락가락할 때 방에서 장롱 긁어대는 소리가 들렸다. 빈 장롱이라 울림이 더 컸다. 새벽 다섯 시 반이었다. 명자는 눈을 뜬 채로 양미간을 좁혔다. 다시 아침이었다. 잠이 들 때는 이대로 다시 눈을 뜨지 않길 바라지만 어김없었다. 완연한 봄이지만 지하 방바닥은 여전히 차고 습했다. 몸이 무거웠다. 몇 시간 지나면 냄새에도 익숙해진다는데 눈을 뜨자마자 기다렸다는 듯이 냄새가 섞여 달려들었다. 이불을 뒤집어쓰고 돌아누웠다. 저 소리에 깨야 하는 아침, 눈을 뜨기도 전에 달려드는 냄새, 지옥이었다.

다시 장롱을 긁어대는 소리가 났다. 명자는 벌떡 일어났다. 눈앞에 몽둥이가 있다면 아무 사정보지 않고 휘두르고 싶었다. 명자는 그게 무서워 집 안에 무기가 될 만한 것은 아무것도 두지 않았다. 참는 압력 게이지는 나

날이 높아갔다. 언제 폭발할지 몰랐다. 폭력을 써본 적이 없는 명자는 주먹을 쥐었다가도, 손바닥으로 내려치려다가도 움찔 멈추었다. 두려웠다. 이렇게 시작한 폭력이 얼마나 더 큰 폭력을 불러올지 짐작되지 않았다. 폭력을 무방비로 당할 그가 아니라 그렇게 폭력을 휘두르고 있을 자신을 보는 게 끔찍할 것 같았다.

소주 한 병을 따고 밥에 말아 먹이고, 남긴 한 잔을 마시고 씻고 나가기 전에 기저귀를 갈았다. 그와는 눈도 마주치지 않았다. 검은색에서 갈색으로 탈색되어 가는 눈동자를 보고 싶지 않았다. 색이 바랜 것들에는 의도적으로 눈길을 주지 않으려고 했지만 명자 주변은 온통 바랜 것투성이였다. 집을 나오면서 옷에 뿌리려고 현관 앞에 놓았던 냄새탈취제를 집어 들었다. 통이 비어 있었다. 어제 산다고 생각해놓고 잊었다.

아파트 단지에 들어서는데 바람이 불었다. 벚꽃들이 바람 따라 너울거렸다. 저 바람 덕분에 옷에 달라붙었던 냄새도 날아갈 것 같아 겨드랑이를 들썩들썩 하고 움직임을 크게 했다. 벚꽃들이 떨어져 바닥이 온통 연분홍이었다. 걸을 때마다 꽃잎이 채였다. 빛깔이 곱다는 생각을 일부러 눌러 담으며 상가 지하로 내려갔다. 지하로 내려가는 계단 벽에는 '옷수선'이라고 쓰인, A4용지 크기의 흰 플라스틱판이 붙어 있다. 간판은 옷 수선소가 지하에 있다는 걸 알리기 위해 일부러 지하 쪽을 더 낮게 비스듬히 붙였다. 갑자기 그것조차도 참을 수 없었다. 명자는 간판을 잡아 뜯으려 했지만 못질 된 그것은 꼼짝도 하지 않았다. 언제나 비스듬히 지하를 향해 추락하는 삶.

명자가 발목을 잡아끄는 어둠에 이끌려 계단을 내려왔을 때 웬 여자가 수선집 문 앞에서 무릎에 얼굴을 묻고 쭈그리고 앉아 있었다. 지하 계단은 아직 희미한 어둠속에 묻혀 있었고 그 어둠은 형광등을 켜도 쉬 가시지 않았다. 수선집이 위로 올라가는 계단 아래편에 겨우 끼어 있기 때문이다. 자바라 문 여는 기척에 여자가 엉거주춤 일어서며 양 팔을 문질렀다. 밖은 온통 환한 봄이었지만 지하는 음습했다. 계단 아래쪽 옆을 새시로 막은 가건물이 수선집이었다. 그러고 보니 '집'도 아닌데 수선집이라 이름 했다. 수선소라고 해야 했나.

명자는 흘낏 여자를 본 뒤 천장 위 형광등 스위치를 올렸다. 그러자 작은 수선집 공간이 환해지면서 적나라하게 드러났다. 바느질을 하든, 재봉틀을 돌리든 불이 환해야 할 수 있는 일이었다. 가려놓았던 검은 천을 거둬내자 재봉틀과 다림판, 그 뒤로 의자, 그 뒤로 옷을 올려놓은 몇 칸의 선반, 그 아래로 피곤할 때 옆으로 웅크려 누울 수 있는 작은 간이 침상까지 한 번에 다 드러났다. 명자는 비로소 자신만의 공간에 들어선 듯 안심했다.

여자는 바지를 세 장을 들고 왔다. 정장용 바지였다. 유행하는 바지통은 아니었지만 옷감도 박음질도 잘된 비싼 옷이었다. 큰 사이즈의 바지는 아니었지만 형편없이 마른 여자가 입으려면 두 치수 정도는 줄여야 할 것 같았다. 여자의 허리와 엉덩이, 허벅지 둘레를 쟀다. 바지 길이로 봐서 남의 옷은 아닌 듯했다. 길이가 아니더라도 어쩐지 유행이 지난 바지가 여자와 닮아 있었다. 여자는 아예 수선할 때까지 기다려 옷을 찾아갈 것처럼 간이 플라스틱 의자를 당겨 앉았다.

"좀 걸려요."

여자는 대답하지 않았다. 달리 할 일도 없다는 듯 수선집을 찬찬히 둘러보고 있었다. 언제부턴가 사람들은 금방 끝난다고 해도 기다리지 않았다. 1층 마트라도 다녀왔다. 이 지하에 한시도 머물고 싶어 하지 않았다. 병균이 옮기라도 하듯 서둘러 나갔다. 어떤 이들은 멀리, 수선을 겸하는 세탁소까지 가서 옷을 맡기기도 했다. 명자에게서 나는 냄새 때문이라고 생각했다. 명자가 앉은 자리 위로 낮고 비스듬한 천장이 있어, 늘 천장에 눌리는 기분이었다. 기울어진 천장이 언제고 마저 기울어 덮칠 것만 같았다. 어느 때는 천장에 눌리는 것 같기도 하고, 어느 때는 받치고 있는 것도 같았지만 그래도 명자는 이 무거운 공간이라도 있어 숨을 쉴 수 있다고 생각했다. 옷을 맡겨놓고 서둘러 나가도 다 이해했다. 지하가 좋은 사람은 없을 거였다. 명자는 재봉틀과 옷 사이에 겨우 엉덩이만 붙이고 앉아 일을 시작할 준비를 했다.

여자는 바지를 유행에 맞게 수선해달라는 게 아니라 자신의 몸에 꼭 맞게 해달라고 했다.

"온통 옷들이 커서 내가 허깨비 같아요."

여자가 그렇게 말했을 때, 명자는 조금 전 치수를 잴 때 전해져오던 앙상한 뼈를 생각했다. 허리는 그렇다 쳐도 엉덩이와 허벅지는 몸에서 가장 살집이 많은 부분 중 한 곳일 텐데 뼈가 만져지다니 놀랐다. 가슴도 엉덩이도 볼록한 곳이 없었다. 성장을 안 한 아이처럼 납작하게 말라 있었다. 그 뼈가 만져질 때 명자는 흠칫했다. 남편 허벅지를 만지는 것 같았다. 그래서 명자는 치수를 재다 말고 여자의 얼굴을 한 번 더 쳐다봤다. 기름기도 없고 볼륨도 없어 여자 말대로 허깨비 같았다. 그래도 얼굴에는 맑은 빛이 있었다.

아침에 기저귀를 갈려고 보았을 때, 그는 어제보다 더 많은 혈변을 싸놓았다. 기저귀가 펑 젖어 있었다. 망설여졌지만 병원에 가서 얼마간 더 연명을 한들 소용없는 일이라는 생각이 들었다. 그도 명자도 힘만 들 뿐이다. 무엇보다 병원비를 감당할 돈도 없었다. 저렇게 더 살아 있으나 죽으나 마찬가지였다. 그렇게, 생각하기로 했다. 그런데 어쩐지 늘 맞닥뜨릴 준비를 하고 있었는데 덜컥 겁이 나기 시작했다. 그래서 더 서둘러 집을 나왔는지도 모른다.

"저건 술인가요?"

재봉실을 놔둔 아래 칸의 소주병을 본 모양이었다.

"술이면 왜요, 한 잔 하게요?"

"주시면 못 먹을 것도 없죠."

그냥 던져본 말이었는데 여자가 받았다. 잘 됐다 싶었다. 여자만 아니라면 벌써 한 잔 마시고 일을 시작했을 거였다. 여자가 가지도 않고 앉아 있는 바람에 차마 술병을 열지 못했다. 명자가 종이컵에 삼분의 일 가량 소주를 따라 내밀었다. 여자는 나누어 마시지도 않고 한꺼번에 넘겨버렸다. 그 모양을 보고 피식 웃으며 명자도 한 잔 마셨다. 아직 아홉시도 안 된 시간이었다. 이 아침에 소주를 마시겠다는 여자라니. 옛날 같으면 이것저것 캐물었을 것이다. 캐묻지 않아도 옷을 수선하는 동안 이런저런 얘기를 하게 마련이었다. 그러면 상대방은 숨겨놨던 이야기를 꺼내고, 서로 고개도 끄덕이고 한숨도 나누고 알지도 못하는 누군가를 욕도 하고 그랬다. 그런데 이제는 그런 일이 귀찮았다. 얘기를 듣는 것도 싫었다. 짐을 덜어 지기도 싫었다. 이미 지고 있는 짐만으로도 숨이 막혀죽을 지경인데 한가롭게 누굴 궁금해 하거나 얘기를 들어주거나 하고 싶지 않았다.

"어째, 한 잔 더 줘요?"

여자가 또 받았다. 명자도 한 잔 더 마셨다. 빈속에 소주 두 잔이 목을 타고 흘러들었다.

여자가 헤, 하고 웃었다. 어느새 여자 얼굴이 발그레 했다. 차라리 보기 좋았다.

"경비 아저씨가 왜 여길 안 가르쳐줬는지 알겠어요. 이렇게 아침부터 술 마시면서 재봉질은 잘 하실 수 있으세요?"

명자는 피식 웃었다. 경비원 최 씨한테 물어봤을 거였다. 남편이 집에 들어오기 전까지 명자는 말이 없고 솜씨 좋은 조용한 수선집 아줌마였다. 아파트 경비원 최 씨는 순찰을 돌 때마다 커피나 음료수를 뽑아 명자에게 주었다. 명절 즈음엔 식용유나, 샴푸, 비누, 커피세트 같은, 아파트에 사는 사람들로부터 받은 선물을 명자에게 가져다주기도 했다. 좀 쉬면서 하라는 말도 했고, 밖에 꽃이 한창이니 구경 좀 하라는 말도 했다. 그때마다 명자는 그저 웃고 말았다. 그런 것들은 모두 제 것이 아닌 것만 같았다. 그런데 그런 날이 길어지자 최의 얼굴을 보게 되었다. 동글동글 선한 얼굴이었다. 아내를 잃고 혼자 된 지 5년이라고 했다. 최와 산다면. 명자는 돌아가는 최의 뒷모습을 보며 그런 생각을 했다. 잊고 있었던 '다정'이라는 말도 떠올렸다. 최 씨를 향해 실밥이 풀리려 할 때 남편이 집으로 들어왔다. 처음엔 무서웠고, 다음엔 쫓아냈다. 그는 문을 열어주지 않으면 현관 앞에서 잠들었다. 그리고 쓰러졌다. 명자는 어쩔 수 없이 최 씨에게로 풀리려던 솔기를 더 단단하게 박음질했다.

언제부턴가 최 씨의 걸음이 뜸해지더니 오지 않았다. 소문을 들었을 거다. 아니면 명자가 점점 그늘지고 거칠어진다는 걸 눈치 챘을 거다. 최 씨는 일부러 이쪽으로는 발걸음도 안 하는 것 같았다. 꼭꼭 박음질 했는데 최의 머뭇거리며 음료를 전해주던 표정이며 몸짓, 걸음걸이가 자꾸 떠올랐다. 누군가 계단을 내려오는 기척이라도 나면 최인가 하는 마음이 먼저 들었다. 매몰차게 대한 건 명자 자신이었는데 어쩔 수 없다는 걸 알면서도 서운했다. 멀리서 최가 보이면 명자도 피했다. 최가 쉬어가면서 하라고 할 때, 꽃 좀 보라고 할 때 그의 말을 들었더라면. 최를 향해 어쩔 수 없이 뛰는 마음을 접으며 명자는 그런 부질없는 생각을 했다.

쵸크로 선을 그었고 바지 옆을 텄다. 바지 세 장을 밑단을 줄이는 것도 아니고 전체 품을 줄이려면 꽤 시간이 걸린다고 했는데도 여자는 일어설 생각을 안 했다.

"아줌마, 냄새 좋아요."

명자가 재봉틀 바늘에 실을 바꿔 끼우려다 말고 멈칫했다.

"조금만 여기 있다 갈게요."

뒷말이 아니었으면 멱살을 잡고 끌어냈을 거였다. 냄새가 좋다니. 그 냄새가 달라붙어 역겨울까봐 누군가 곁에 오려고 하면 한 발 물러섰는데 냄새가 좋아 여기 더 있겠다니. 미치지 않고서야. 명자는 여자를 빤히 바라봤다.

"알아요. 저, 이상하게 보이는 거요."

여자가 일어서더니 셔츠 밑을 잡아당겼다. 헐렁하던 셔츠 단을 잡아내리자 가슴 선이 드러났다. 명자는 힐끗 고개를 들었다가 다시 재봉틀로 향했다. 쳐다보고 있을 수가 없었다. 브래지어를 하지 않은 가슴, 절벽에 가까운 가슴, 셔츠 안에서 한쪽 젖꼭지만 도드라져 보이는 가슴, 다른 한 쪽이 셔츠 밖으로 보기에도 도려진 듯 느껴지는 가슴. 명자는 까닭 없이 치밀어 오르는 화를 눌렀다.

"빵을 구웠는데, 질리지 않고 굽고 먹었는데, 남들은 빵 냄새 한 시간만 맡고 있어도 버터 냄새에 느끼해져서 빵 먹고 싶은 생각 안 든다는데 나는 그 빵 냄새가 좋아서 굽고 먹고 했는데 온통 빵 살로 통통했는데 가슴을 도려내고 나니까 빵 냄새를 참을 수가 없더라고요. 역겨워서요. 빵 냄새만 그런 게 아니라 뭐든 부풀어 냄새를 피우는 것들을 못 참겠어요. 망울을 터뜨려 꽃을 피우는 꽃들도 다 쓸어버리고 싶어요. 향수도, 화장품 냄새도 다 참을 수가 없어요. 가슴을 도려냈을 뿐인데, 병원에서는 그거와 상관없다고 하는데 냄새를 참지 못하니 뭘 먹을 수도 없어요. 살이 빠지기 시작하는데 한 달 만에 이 꼴이 되는 거예요. 우습죠? 뭐가 이래요? 너무한 거 아녜요?"

여자 목소리가 가늘게 떨려 나왔다. 술기운 탓일까. 그건 여자가 내뱉은 말이기도 했지만 내내 명자가 뱉어내던 말처럼 느껴졌다. 뭐가 이런지, 너무하다는 생각이 불쑥 치받아 올라왔다. 사람들은 어떻게 저렇게 무사히 잘 사는지, 큰일을 겪지 않고 나이를 먹을 수 있는지 이해할 수 없었다. 사는 게 만만한 사람들이 부럽기도 했고 화가 나기도 했다. 저 몸에 겁 없이 술잔을 비울 때 알아봤어야 하는데 술이 오르는 모양이었.

"아줌마한테 나는 냄새, 그게 뭔지는 모르는데 썩는 냄새라는 건 알아요. 죽어가는 냄새요. 피든 살이든 그런 거 썩는 냄새. 다른 건 못 참겠는데 그런 냄새는 괜찮아요. 이상하죠? 병원엘 가봐야 하는데 무서워서. 고작

한다는 게 바지가 헐렁한 걸 참을 수가 없어 여길 찾아왔어요. 저 술병이 아니었으면 나갔을 텐데, 그동안 바보같이 술도 한 잔 못 마셨거든요. 마시니까 좋네요. 끈 하나 풀어진 것처럼요. 그동안 죽어라 빵만 만들고, 빵만 먹었는데. 그렇게 살 필요 없었는데."

"이리 들어와요. 들어와서 좀 누워요."

말이 풀어지는 여자를 의자 뒤쪽 침대에 눕게 했다. 지하라 아직 추워 1인용 전기장판을 치우지 않은 게 다행이다. 담요 위에 앙상한 몸을 눕게 하고 전기장판 스위치를 켰다.

명자는 누군가 기대는 게 싫었다. 누군가에게 기대고 싶었다. 도움도 받고 싶고, 든든한 빽은 아니더라도 아쉬운 소리할 때, 지갑을 열어줄 사람 한 사람 정도는 있었으면 하고 바랐다. 아무도 없었다. 여자는 비스듬히 누워서도 혼자 중얼거린다. 명자는 여자가 누웠을 때에야 알아보았다. 빵 얘기를 할 때도 눈치 채지 못했다. 여자는 이 아파트 단지에 살고 있으면서 길 건너 조금 떨어진 곳에서 빵집을 하고 있었다. 그때 여자는 뽀얗고 윤기 나는 얼굴에 오동통한 몸을 한, 활기찬 여자였다. 여자는 늘 머리를 정수리쯤에 묶어 목선을 시원하게 드러냈고, 빵집 문을 열고 들어서서 나갈 때까지 싹싹했다. 덤도 잘 주었다. 남편이 들어오고 아이가 나가버리고 그렇게 엉망이 되기 전까지 그래도 일주일에 한 번, 한 달에 두세 번은 들러 아이가 좋아하던 소세지빵과 식빵을 사던 곳이었다. 그런데 여자를 못 알아보다니. 같은 여자라고 알아보는 게 이상할만큼 여자는 변해 있었다.

바지를 다 줄이도록 여자는 일어나지 않았다. 뒤를 돌아보았다. 셔츠에 가려져 여자의 가슴은 보이지 않았다. 저 앙상한 몸으로, 한쪽 가슴이 없는 채로, 여자는 언제까지 썩는 냄새를 맡아야 하는 걸까. 명자는 불쑥 들어와 제 얘기만 떠들다 누워 버린 여자를 보다가 고개를 들어 비스듬한 천장을 바라보았다. 잎에 매달려 표면장력으로 아슬아슬하게, 그러나 오롯하던 물방울들이 후두둑 떨어지는 것 같았다.

여자는 점심때가 다 되어서야 일어났다. 그새 얼마간 더 핼쑥해진 것 같았다.

"마시지도 못하는 술을······."

여자는 언제 그런 말을 쏟아냈나 싶게 무심한 표정으로 바지를 들고 나갔다.

여자가 자는 동안도 명자는 몇 번이고 집에 들어가봐야 하나를 망설였다. 망설이기만 할 뿐 가보지는 않았다. 독하게 미루고 미루고 있었다. 손님은 여자가 가고 난 뒤 두 사람이 더 다녀갔다. 명자도 여자처럼 옷을 수선

하러 오는 사람을 붙들고 패악을 부리듯 울분을 쏟아낸 적이 있었다. 얘기를 들은 여자들이 질린 얼굴을 한 채, 행여나 제 삶도 그렇게 될까봐 서둘러 뒤도 돌아보지 않고 돌아갔다. 그렇게 간 뒤로는 다시 오지 않았다. 아무리 바느질 솜씨가 좋아도 여자들은 지하로 내려오지 않았다. 하루 종일 재봉틀을 돌려도 밀리던 일감은 점점 줄어들었다. 등 뒤에 쌓인 옷들은 수선을 맡겨놓고 찾아가지 않는 옷들이 대부분이었다. 수선비를 낮춰 받는 대신 이 상가 지하에 자리를 쓰게 해준 것은 아파트 부녀회였다. 불우이웃돕기 차원이었다. 이제 아파트 여자들은 언제고 와서 그만 자리를 빼달라고 할지 몰랐다. 그래도 그때는 참을 수가 없었다. 더 잔인하게 말하고 싶었다. 질기고 더러운 악연이 이제 낡고 보풀이 일어 끊어지려 했다. 그가 죽어가는 모습을 두 눈으로 똑똑히 보리라 생각했다. 연민이나 애정 따위는 없었다. 일감이 없어도 상가 문을 닫을 때까지 남아 있었다. 기울어진 천장을 이고 명자는 아침에 사들고 온 소주 한 병을 하루 종일 나눠 마셨다.

  결혼하고 제일 먼저 한 일은 홈패션을 배운 것이었다. 천을 끊어다가 전화기 받침대를 만들고 쿠션을 만들고 태어나지도 않은 아이의 배냇저고리를 만들고 커튼을 달 때가 명자가 기억하는 행복의 전부였다. 집 안을 이 세상 단 하나밖에 없는 물건들로 채우고 싶었다. 하늘하늘 비치는 레이스 천으로 주름을 잡아 테두리 마감을 한 커튼, 냉장고 보, 텔레비전 보, 전화기 받침대 뭐든 레이스 천을 달았다. 레이스 천은 먼 유럽 고상한 여인의 치맛자락 같았고, 동화책 속의 파스텔 그림 같았다. 싸구려 물건들도 레이스 천으로 마감한 천을 깔거나 덮어주면 그저 좋아보였다. 작은 바늘이 지나갈 때마다 단단하게 박음질되던 그 경쾌하고 날렵한 선, 소리. 그렇게 배운 재봉질이 명자를 먹여 살렸다.

명자는 문을 닫아걸고 슈퍼에서 소주를 샀다. 슈퍼 여자는 명자가 소주를 계산하고 나갈 때마다 뒤에서 눈총을 주었다. 아파트 화단가에 명자꽃이 피기 시작했다. 벚꽃이 질 때쯤 명자꽃이 피었다. 허리 높이로 가지치기해 울타리 삼은 나무였다. 동백보다는 조금 더 맑고 옅은 붉은 빛깔에 크기나 모양은 매화 같기도 한 꽃이었다. 가지에 착 달라붙어 피는 꽃이었다. 날카로운 가시를 가진 꽃이었다. 그 꽃을 가르쳐 준 이는 남편이었다. 맞선 본 날, 명자가 쑥스러운 듯 이름을 대자, 일어설 즈음엔 같이 가볼 데가 있다고 했다. 겨우 길 건너에 있는 백마공원이었다. 공원 안 울타리에 붉게 핀 꽃을 가리켰다. 그가 이름을 아냐고 물었을 때 명자는 놀리는 줄 알고 대꾸도 안 하고 몸을 돌렸다.

"이 꽃 이름이 명자 꽃이랍니다. 참 곱고 단단하고 예쁜 꽃이죠. 안 그래요, 명자 씨?"

그의 우렁우렁한 목소리가 발길을 잡았다. '자'자가 붙은 촌스러운 이름의 꽃도 다 있다니. 꽃 이름이 적힌 팻말을 보지 않았다면 놀리는 것으로 알았을 이름이었다. 자세히 볼수록 꽃은 예뻤다. 명자의 볼도 명자 꽃만큼 붉어졌다. 그때 명자는 꽃에 가려진 가시를 보지 못했다. 아니, 꽃이 가시를 가리지는 않았다. 가시가 많지 않았고, 가시와 가지가 눈에 띄게 구별되지 않았다. 그때는 꽃만 보였다. 가을이 지나고 탁구공만 한 울퉁불퉁하고 단단한 열매가 아무도 따가지 않아 쭈그러들며 진한 향을 피우고 있을 때, 뭐 이런 열매가 있나 보다가 가시를 보았다. 쉽게 부러지지 않는, 열매만큼 단단한 가시였다.

명자는 집으로 들어가지 않았다. 늦출 수만 있다면 최대한 늦춰 들어가고 싶었다. 무서웠다. 멀리서 최 씨가 보일 때에야 서둘러 아파트 단지를 빠져나왔다. 그리고도 집으로 들어가지 못하고 천변을 걸었다. 천변을 따라 걷는 사람들이 많았다. 니은 자 팔을 앞뒤로 흔들며 걷는 사람도 많았다. 냄새나던 하천이었는데 몇 년 동안 정화작업을 벌이더니 그 길을 따라 운동하는 사람들이 점점 늘어났다. 남편은 어떻게 되었을까. 설마, 하고 중얼거리면서도 그 설마가 생과 사 중에 어디를 가리키는지 몰랐다. 누군가 어깨를 치고 지나갔다. 그때야 정신이 든 것처럼 명자는 서둘러 집으로 갔다. 천변에서는 그렇게 머뭇거려지던 발자국이 집으로 가기로 마음먹자 상체만 앞으로 밀리듯 빨라졌다. 두려움을 떨치려고 달리다시피 집으로 향했다. 지하 계단을 내려가고 샤시 현관문에 열쇠를 꽂아 돌렸다.

명자는 어제와 똑같이 방문을 열고 어둠 속에서 뭉친 냄새를 맡았다. 방은 어둠에 짓눌린 듯 정적에 휩싸여 있었다. 명자는 방에 한 발을 들여놓기 전에 검은 비닐 봉투를 흔들었다. 챙겅. 둔탁한 유리병이 부딪쳤다. 명자는 터질 듯한 가슴을 누른 채 이불 한 귀퉁이에 눈을 박았다. 움직이지 않을 것 같았는데 비쩍 마른 손이 이불 끝을 끌어내렸다. 명자는 울음도 한숨도 아닌 숨을 떨며 내쉬었다. 명자는 서둘러 소주병을 땄다. 이번엔 그릇에 붓기 전에 병째 한 모금 넘겼다. 알코올 냄새 사이로 남편의 냄새가 섞여들었다. 빵집 여자를 떠올렸다. 뼈만 남은 몸으로 이 냄새가 좋다고 하던 여자. 그 여자도 어쩌면 죽음 쪽으로 가고 있는 건 아닐까. 명자는 문득 가슴이 서늘해졌다. 남편은, 그는 자신의 냄새를 맡고 있을까. 이 지독한 냄새를 맡고 있는 것일까. 이 죽음과 작당한 냄새를 견디고 있는 것인가. 한 번도 생각해

보지 않았다. 그가 지금 자신을 어떻게 견디고 있는지 생각해보지 않았다. 그걸 생각할 만큼의 애정도 없었다. 그로 인해 감당해야할 무게만 버거워서 낑낑댔다. 명자는 몰랐다. 오래지 않아 원망과 미움으로 점철됐던 그가 떠나고 난 뒤, 그를 닮은 사람을, 옷차림을, 행동이나 손짓이나 표정을 볼 때마다 대책 없이 가슴이 두근거리리라는 것을. 그 두근거리던 가슴을 찢고 싶었다. 다른 여자와 바람이 나서 나간 남편이었다. 봄마다 명자꽃이 필 때는 꽃 근처에도 가지 않았다. 대책 없이 참 곱고 예쁘다는 말에 넘어간 자신을 원망했다.

명자는 이불을 들췄다. 기저귀를 먼저 갈아야 할 것 같았다. 눌려있던 냄새가 훅 올라왔다. 이불을 펄럭이지 않게 들췄는데도 냄새를 참을 수가 없었다. 혈변은 기저귀를 다 적시고도 깔고 있던 방수 요까지 묻어 있었다. 물티슈로 닦고 다시 기저귀를 채웠다. 그의 얼굴은 더 어두웠고, 눈동자는 흐릿했다. 명자는 소주에 말아두었던 밥을 가져왔다. 소주를 흘려 넣어주자 그의 손이 움직였다. 그가 또 입을 움직여 밥을 받아먹기 시작했다. 밥을 떠 넣는 손이 떨리더니 눈물이 와락 쏟아졌다. 왜 눈물이 나는지 알 수 없었다. 제발 그냥 죽어. 명자는 울면서 소주에 만 밥을 먹었다.

"뭐 하는 거야?"

언제 들어왔는지 아들이 문 앞에 서 있었다. 아들에게서 술 냄새가 났다. 명자가 아들을 바라보고 있을 때, 그가 밥그릇을 움켜쥐었다. 그 바람에 그릇이 엎어지면서 밥알과 소주가 쏟아졌다. 뼈만 남은 손이 방바닥을 훑었고 입은 그 손을 악귀처럼 빨았다.

"우릴 버릴 땐 언제고, 왜, 도대체 왜 돌아와서 이 지랄이야. 아으, 씨발 진짜 못 봐주겠네."

아들은 몸을 휙 돌리더니 싱크대로 향했다. 여기저기 서랍을 열고 닫는 소리가 거칠게 들렸다. 무기가 될 만한 것은 없었다.

명자가 아들 이름을 불렀다. 그만두라고 소리쳤다. 무기가 없다고 생각했는데 아들 손에 프라이팬이 쥐어져 있었다. 안 돼. 말리기도 전에 프라이팬이 그의 머리 위로 날아들었다.

명자가 그의 머리 위로 엎어졌다. 주물 팬이 명자의 뒤통수를 가격했다. 꼼짝할 수 없었다. 왜 막아선 것인지 명자로서도 알 수 없었다. 그를 보호하려는 것이 아니었다. 아들이 패륜아로 낙인이 찍히거나 살인죄를 뒤집어쓸까봐 겁이 난 것도 아니었다. 그런 생각을 할 겨를이 없었다. 어떤 생각을 하기 전에 본능적으로 몸이 막아선 것뿐이었다. 명자는 그가 죽기를 바랐다.

"에이씨, 엄만 또 뭐야?"

아들이 소리를 질렀다.

명자는 순간 아득해졌다. 기울어 있던 천장 벽이 무너지는 것 같았다. 누군가 머리를 좀 쓰다듬어주었으면. 누군가 등을 좀 토닥여주었으면. 명자라는 촌스런 이름을 달고 여리고 환한 꽃을 피우는 명자 꽃은 몰라도 좋았을 걸. 그런 생각을 했다. 어디서 부드럽고 둥근 빵 냄새가 나는 것도 같았다. 그러고 보니 하루 종일 한 끼도 안 먹었다는 생각이 들었다. 소주라도 한 잔 들이켜면 좀 나을 텐데. 명자는 이 지독한 냄새 사이로 희미하고 스며드는 소주 냄새를 맡았다.

마지막 인터뷰

구자인혜

2000년 《한국수필》 신인상으로 수필 등단. 2008년 《월간문학》으로 소설 등단. 산문집 『낯선것에 능숙해지기』, 소설집 『은합을 열다』 『돌을 깨우다』가 있음. 동서문학상, 한국문인협회 공로상 수상. jainhea@hanmail.net

마지막 인터뷰

 내비게이션은 '목적지 부근'이라는 말을 남기고 종료했다. 화살표가 가리키는 지점은 얽히고설킨 나무들에 가려진 숲길이었다. 기계는 늘 이랬다. 좋아하는 노래를 들을 때는 쓸데없는 훈수를 두어 귀찮게 하더니 정작 필요할 때는 침묵을 지켰다. 목적지 근방이라니. 그 이상을 알고 싶은 여자에게 기계는 무반응이었다. 목적지 근방이라면 아직 전이거나 이미 지나쳤을 수도 있었다. 얼마나 오랫동안 숲의 언저리에서 맴돌고 있었던 것일까. 포장된 길이라 너무 쉽게 생각했는지도 몰랐다. 누구나 쉽게 찾을 수 있는 길가에 집을 지을 노인은 아니었다.
 차에서 내려 숲을 살폈다. 우거진 나무 사이로 초여름

의 햇살이 쏟아져 들어왔다. 푸르고 강한 햇살이 나뭇잎 사이사이로 골고루 파고들었다. 막 물이 오르기 시작한 나무에서 거친 숨소리가 들리는 듯했다. 그 사이로 숲속 저 멀리 초록 지붕이 얼핏 보였다.

여자는 멀리 보이는 집을 가늠해보고 숲으로 들어섰다. 뭉클한 땅의 촉감이 전해졌다. 밟힌 여린 풀들과 나뭇잎이 바삭거렸다. 여자는 숲이 내는 소리를 들었다. 숲에는 길이 없었다. 걸을 때마다 구두 굽이 부드러운 흙을 파고들었다. 쉽지 않은 걸음이었다. 여자는 인터뷰를 위해 정장용 구두를 신고 나온 것을 후회했다. 숲을 가로질러 간신히 노인의 집에 도달해 보니, 포장된 길이 집 앞까지 이어져 있었다. 여자는 길가에 덩그러니 세워놓은 작고 낡은 그녀의 차를 잠깐 떠올렸다.

숲으로 들어간 노인을 사람들은 칩거 중이라고 했다. 은둔 중이라고도 했다. 사람들은 노인이 숲속에서 도대체 무엇을 하는지 궁금해했다.

기자는 잊어버릴 만하면 전화했다.

"궁금하지 않으세요? 어떻게 사는지? 그분 생활을 알고 싶어하는 사람들이 한둘이 아니에요. 취재가 성사되면 서로 좋은 일이잖습니까."

기자는 '좋은 일'이라는 말에 힘을 주었다. 여자는 여성지에서 왜 자신을 인터뷰어로 선택했는지 알고 있었다. 잠적한 작가를 잠적한 전직 아나운서가 취재한다. 콘셉트는 나쁘지 않았다.

"한선예 아나운서에게도 기회일 수 있어요."

그의 말이 후미진 공장에서 올라가는 검은 연기처럼 길게 여운으로 남았다. 기회. 기회라니. 대체 어떤 의미의 말일까. 여자는 오랜만에 들은 단어가 낯설었다. 생소한 말이 실감 나지 않아 사전을 찾아보기까지 했다. 사전에는 '어떤 일이 이루어지는 때나 경우. 알맞은 겨를'이라고 풀이되어 있었다. 두 가지 뜻풀이가 다 마음에 들었지만 '알맞은 겨를'이 더 근사했다.

기자의 세 번째 전화에 여자는 승낙 의사를 밝혔다. 세 번씩이나 끈질기게 전화하는 기자는 처음이었다. 괜찮으냐고, 신경쓰지 말라고, 어떡하느냐고, 얼른 잊어버리라고, 모든 관심과 위로는 한 번으로, 그것도 2년 전에 다 끝났다. 잘나가던 아나운서 시절이 끝난 즈음과 같았다. 믿을 수 없지만 모든 것은 웃음 때문이었다. 여자의 인생은 2년 전과 그 후로 나누어졌다. 나락으로 떨어진 것은 순식간이었고 그 후부터는 걷잡을 수 없었다. 화면에서만 사라진 게 아니라 세상에서도 사라진 듯 여자의 존재는 잊혀졌다. 그럼에도 여자는 습관적으로 미소 짓고 습관적으로 웃었다. 집에 혼자 있을 때도 마찬가지였다. 웃지 않으려고 해도 소용없었다. 정신을 차리고 보면 웃고 있었다. 웃을 때마다 고통을 느꼈다. 그래도 웃음은 사라지지 않았다. 울면서도 입꼬리를 올리려고 애쓰는 자신을 발견했을 때 여자는 처음으로 죽음을 생각했다. 자살 사이트를 검색하는 손이 떨렸다. 암암리에 거래되는 약을 사 모았다. 그러면서도 여자는 확신이 없었다. 내가 가고 싶어하는 저쪽이 이쪽보다 편하기는 한 걸까. 분명 할머니도 그곳에 있을 텐데. 굳이 그곳으로 갈 필요까지 있을까. 더구나 어린 그녀를 할머니에게 맡겨놓고 사라져버린 엄마와 아빠가 있을지도 모를 일이었다. 갈등하는 그녀에게 때마침 찾아온 기자의 제안은 여자를 다시 생각하게 만들었다. 여자는 기자의 제안이 정말 '알맞은 겨를'이 되기를 바랐다. 통화를 마친 여자는 거울 속 자신을 쳐다보았다. 생방송 뉴스를 진행할 때처럼 당당하게 미소 짓고 있었다.

현대식 별장이었다. 갈색 벽돌에 사이사이 흰 흙을 개어 넣고 초록 지붕을 얹어 밝고 따뜻한 느낌이었다. 월든의 오두막을 연상했던 여자는 잠시 혼란스러웠다. 노인 혼자 살기에는 지나치게 컸고 지나치게 예뻤다. 미리 통화를 했고 예정된 인터뷰였음에도 문을 열어준 노인은 데면데면했다. 여자는 당황했다. 환대까지 기대한 것은 아니었지만 마치 투명인간 취급하는 것 같은 노인의 태도는 의외였다. 그럼에도 여자는 환한 미소를 지었다.

"인터뷰에 응해주셔서 감사합니다."

인사를 받는 둥 마는 둥, 노인의 표정에는 아무 변화가 없었다. 대답은커녕 시선조차 마주치지 않았다. 여자를 비껴간 시선이 어디로 향했는지 알 수 없었다. 잠시 어색한 침묵이 흘렀다. 통화할 때 느꼈던 연륜과 노련미와는 전혀 다른 이질감이었다. 여자는 지팡이를 짚고 있는 노인의 손을 보았다. 나무껍질같이 투박한 손이었다. 손톱 밑은 새까맣고 풀독이 오른 탓인지 손가락 끝이 퉁퉁 부어 있었다. 적어도, 수십 년 동안 글을 썼다는 다작의 작가 손은 아니었다.

"저리로 가지."

노인이 지팡이로 마당 구석을 가리켰다. 뜰 한쪽에 숲이 시원하게 보이는 정자가 있었다. 느티나무 둥치로 만든 정자는 기둥도 굽었고 지붕도 기울었다. 낡고 퇴락한 느낌이 노인과 잘 어울렸다. 어쨌든 이곳에서 '알맞은 겨를'을 만들어야 했다. 녹음 준비를 끝내고 수첩을 꺼냈다. 부드럽게, 상냥하게. 여자는 마음속으로 주문을 외웠다. 이런 무뚝뚝한 노인에게는 더욱 자세를 낮출 필요가 있었다. 노인에게 다시 미소를 지었다.

"먼저, 근황을 여쭤보겠습니다. 요즘 어떻게 지내세

요?"

"어떻게 지내느냐고?"

검버섯이 가득한 그의 투박한 손만큼이나 굵고 거친 음성이었다. 여자는 어쩐지 인터뷰의 방향이 틀어질 것 같은 예감에 힘이 빠졌다. 그럼에도 여자는 미소를 잃지 않았다.

"네, 선생님. 근황이 궁금합니다."

"사는 것이 기쁘고 기분 좋고 근사하고 감격스럽고, 숲은 아늑하고 싱그럽고 시원하고 상쾌해서 가슴이 후련하고 매일매일이 즐겁고 흐뭇해."

여자는 펜을 떨어뜨릴 뻔했다. 누가 시킨 말을 되풀이하는 것처럼, 아니 AI의 음성이 녹음된 테이프를 튼 것처럼, 감정이 전혀 느껴지지 않는 목소리였다.

"예? 뭐라고 하셨어요?"

놀란 여자가 다시 물었다.

"사는 것이 기쁘고 기분 좋고 근사하고 감격스럽고, 숲은 아늑하고 싱그럽고 시원하고 상쾌해서 가슴이 후련하고 매일매일이 즐겁고 흐뭇해."

토씨 하나 틀리지 않고 되풀이 말하는 노인의 눈은 고원의 매처럼 매서웠다. 영혼 없이 성의 없게 대충 말하는 듯한 내용과는 사뭇 다른 눈빛이었다. 여자와 시선이 마주친 노인의 눈에서 섬광과도 같은 빛이 반짝 지나갔다. 이런 눈빛은 적대감인 걸까. 대체 왜 나에게? 여자는 현기증이 났다. 일그러지려는 입가를 모아 다시 미소를 지었다.

노인은 얇게 찢어진 눈초리를 끌어올렸다.

"너는 심장이 필요하구나. 남자의 심장이 필요해."

여자는 갈피를 잡을 수 없었지만 계속 미소를 잃지 않으려 애를 썼다.

"그게…… 무슨 말씀이신지요……?"

"넌, 지금 기생으로 치면 퇴기야. 난 보여. 이미 인생이 끝난 거지. 너의 운명이 그렇게 만들어졌어. 하지만 길이 없는 건 아냐. 남자의 심장을 얻으면 달라지지. 성공할 수 있어. 앞길은 탄탄대로, 승승장구할 거야."

녹음 정지 버튼을 눌렀다. 잘못 온 거였다. 내비게이션이 헤맬 때부터 알아봤어야 했다. 숲길을 걸을 때부터 알아봤어야 했다. 검버섯이 가득 핀 노인과는 도저히 어울리지 않은 모던 하우스를 봤을 때부터 이상한 낌새를 알아차려야 했다. 여자는 입술을 깨물었다. 그러나 노인을 바라보는 순간 웃음이 터져 나왔다. 참을 수 없었다. 마치 그때처럼. 가죽나무 껍질처럼 투박한 노인을 향해 계속 웃었다. 얼마나 웃었는지 눈물이 주르르 흘렀다.

느티나무를 닮은 작가

 노인은 아침마다 4km를 걷고 매일 물구나무를 섰다. 피를 거꾸로 통하게 하며 세상을 바라보면 쥐고 있어야 할 것과 놓아야 할 것이 분명해졌다. 손가락과 발가락에 붉은 얼음이 박히던 추위에 전선을 뚫고 남쪽으로 내려왔을 때부터 노인의 외로움과 고단함은 예견되어 있었다. 가을날 쓸쓸한 고궁에 떨어진 가을 낙엽처럼 부두 노동자로 공장 잡부로 세상 구석구석 이리저리 뒹굴 때 들었던 답답함까지도.

 땅도 거짓말을 하지 않지만 삶도 거짓말을 못 했다. 세상을 혈혈단신으로 소통하며 체득한 귀한 경험이었다. 정해진 규칙을 지키며 떠나온 고향을 이야기하기 시작하자 비로소 어깨를 내리누르던 외로움과 고단함, 답답함에서 벗어날 수 있었다. 북에 두고 온 가족에 대한 죄책감도 사뭇 줄어드는 느낌이었다. 사람들은 그를 '분단 작가'라고 부르기 시작했다. 분단 작가가 된 것은 자신이 태어나기 이전부터 이미 정해진 틀이었을까. 분단의 아픔이 고스란히 담긴 글을 쓰자 그는 비로소 주변 사람들로부터 인정받기 시작했다.

 첫 원고료로 느티나무 묘목을 샀다. 나무들은 별달리 신경을 쓰지 않아도 잘 자랐다. 우람하고 번듯하게 하늘로 뻗었다. 당당하고 자신감 넘치는 것은 노인과 비슷했다.

모든 작가는 자기가 살아온 만큼, 경험한 만큼 글을 썼다. 상징과 비유도 마찬가지였다. 삶이 풍요하면 구사하는 형용사나 부사가 긍정적 어감의 표현이었다. 척박하면 부정적 표현이 나타났다. 그런 의미에서 노인이 다루는 분단 철학은 늘 한결같고 일관성 있었다. 남쪽과 북쪽 어느 쪽으로도 기울지 않은 시선을 가지려 노력했다. 남쪽이 가지고 있는 비리와 북쪽이 가진 폭력은 노인의 글에서 풍자와 야유로 거듭났다. 한결같다는 것은 늘 같은 옷을 입는 느티나무의 모습과 닮았다.

여기까지 기사를 작성하던 여자는 그 숲을 떠올렸다. 빽빽하게 늘어서 군락을 이룬 느티나무는 숲을 지배하는 당당함이 스며 있었다. 그 당당함이 노인을 닮았다고 여자는 생각했다. 노인과의 짧은 통화에서 연륜에서 우러나는 당당함을 느낄 수 있었기 때문이었다. 여자에게 필요한 것도 그 당당함이었다. 하지만 다 틀어졌다.

노인의 이름을 검색했다. 노인은 생각했던 것 이상으로 넓은 독자층을 가지고 있었다. 영어로 번역된 노인의 작품집이 유럽 전역으로 퍼져 사인회를 다닐 정도면 여자가 알고 있는 이상의 무엇이 있었다. 여자는 노인의 인터뷰, 책 소개, 출판사 평, 출판 기념회 동정 등 노인에 대한 모든 기사를 스크랩했다. 그리고 여기저기에서 한 문장씩 짜깁기하여 인터뷰 기사를 만들었다.

이미 끝난 인생이라고? 이제 겨우 서른셋인데! 노인의 말은 여자의 뇌리에서 사라지지 않았다. 이미 끝난 인생이라고? 여자는 머리를 감쌌다. 이미 끝난 인생이라고 한 말은 맞는 말이잖아.

선망과 질시를 한꺼번에 받던 아나운서 시절은 단 2년이었다. 생방송 뉴스 시간에 일어난 실수 때문이었다. 왜 하필, 유명 인사의 죽음을 알리는 뉴스 도중 웃음이 터졌을까? 제풀에 놀라 황급히 손으로 입을 가렸지만 웃음은 그칠 수 없었다. 왜 의지와 상관없이 자꾸 웃음이 나오는 걸까. 방송 사고였다. 시청자들의 항의가 빗발쳤다. 조의를 표하는 방송을 하며 어떻게 그렇게 환한 미소를 지을 수 있느냐고, 즐거운 표정으로 웃음을 터뜨리느냐고 분통을 터뜨렸다. 뉴스를 보는 내내 불쾌했다는 글이 수도 없이 올라왔다. 시청자 게시판은 비난의 글로 꽉 찼다. 여자는 그날로 퇴출당했다.

생각이 어두우면 어두울수록 밝은 표정으로 말을 하라는 것이 할머니의 생활신조였다.

"웃어. 웃는 얼굴에는 침 못 뱉는다."

구석에 박혀 있던 어린 그녀를 끌어내면서 할머니는 매섭게 야단쳤다.

"어린애가 그렇게 울상이면 그게 밉상인 거야."

할머니는 어쩔 수 없이 여자를 떠맡았다. 아들 내외가 이혼하며 팽개친 손녀였다. 주위에는 손녀딸이 끔찍하게 따라서 거두게 되었다고 흐뭇한 표정으로 떠벌렸다. 하지만 툭하면 담배심부름을 시키고 가래를 뱉는 할머니가 싫었다. 가면을 쓴 듯 늙고 추한 주름투성이 얼굴을 가진 할머니가 무서웠다. 할머니가 동네 사람들에게 손녀 자랑을 하며 떠벌릴 때마다 어린 여자는 환하게 웃어야 했다. 표정이 조금이라도 어둡거나 얼굴을 찌푸리면 할머니는 무엇이든 그녀에게 집어던졌다. 계속 그런 표정을 지으면 아무도 살지 않는 숲에다 내다 버리겠다는 말도 서슴지 않았다.

조기교육 덕분이었을까. 여자는 누구 앞에서라도 웃게 되었다. 노력하지 않아도 쉽게 웃음이 나왔다. 할머니에게 맞지 않는 방법은 곧 세상에 대처하는 방법이 되었다. 슬플 때, 외로울 때, 울고 싶을 때, 더 환하게 웃을 수 있었다. 할머니는 죽었는데도 여자의 오른쪽 어깨에 여전히 앉아 있었다. 웃어, 이것아, 저놈이 너를 쳐다보고 있잖어.

……작가는 늘 일관되게 한 방향의 글쓰기를 하고 있다. 그는 젊은 시절부터 등이 굽고 뼈만 남은 노인이 된 오늘에 이르기까지 다르지 않았다. 자신의 두고 온 고향과 떨어져서 보는 고향에 관한 이야기를 하고 있었다. 그가 보는 고향은 이제 본질적으로 많은 거리가 생겼다. 그 본질을 끊임없이 파고 헤집으며 들여다보았다. 우리는 그 본질을 너무나 잘 알고 있기 때문에 작가의 말을 피하고 싶은지도 모른다. 그리고 그는 말했다.

　"통일은 시기상조입니다. 지금 우리도 살기 힘든 때에 통일을 하면 그 이후의 처리는 어떻게 하겠어요. 독일을 봐요. 유럽의 경제 강국이던 서독이 동독과 한 경제체제로 통일을 한 후 얼마나 힘들어했어요. 우리는 갈 길이 너무 멉니다……."

　하지만 이 시대에 누군가 자신의 고향을 껴안아야 한다면 자신이 그 일을 하고 싶다고 그는 시종일관 작품으로 말했다. 나무들의 향일성처럼 그의 변함없는 고향 생각은 우리나라를 벗어나 일본으로 미국으로 유럽으로 확장되었다…….

　여자는 엔터키를 눌렀다. 더 이상 생각하기 싫었다. 짜깁기 인터뷰 기사는 이쯤에서 끝내기로 했다. 인터뷰 기사 하나로 재기할 수 있으리라는 꿈은 버렸다. 노인이 칩거에 들어간 이유는 자신의 생각과 행동에 대한 의구심 때문이었을 것이다. 할머니의 경우처럼 노인도 치매를 일으키는 가장 흔한 퇴행성 뇌질환인 알츠하이머가 분명했다.

 알츠하이머병은 그 진행과정에서 인지기능 저하뿐만 아니라 성격변화, 초조행동, 우울증, 망상, 환각, 공격성 증가, 수면 장애 등의 정신행동 증상이 흔히 동반되며 말기에 이르면 경직, 보행 이상 등의 신경학적 장애 또는 대소변 실금, 감염, 욕창 등 신체적인 합병증까지 나타나게 된다.

 여자는 꼼꼼하게 검색했고 생각을 정리했다. 오락가락하는 정신 상태를 어느 순간 알아차린 노인은 자신의 모습을 대중들에게 보여주기 싫었을 것이다. 숲으로 들어가 문을 걸어 잠근 것은 노인의 자존심이었을까. 꼬장꼬장하고 줏대 있는 작가의 모습으로 남고 싶었는지도 모른다. 여자는 이렇게 노인을 정리했다. 그랬던 노인이 어떻게 인터뷰를 허락했을까. 노인이 한 말은 어디서부터 어디까지 진정성이 있는 걸까. 나를 보고 넌 끝난 인생이라고 단언할 때는 노인이 제정신이었을까.
 문제는 여자였다. 생각에 빈틈만 있으면 노인이 떠올

랐다. 넌 끝난 인생이야. 그의 말은 끊임없이 귓속에서 맴돌았다. 섬광이 번쩍이는 노인의 특이한 눈빛이 여자를 쏘아보는 것 같았다. 숲속의 노인은 매일 밤 여자를 찾아왔다. 엎치락뒤치락하다 간신히 잠이 들면 어두컴컴한 나무 그늘 속에 노인이 서 있었다. 남자의 심장을 가지면 재기할 수 있어. 노인의 말 한마디 한마디에 피가 뚝뚝 떨어지는 것처럼 소름 끼쳤다. 남자의 심장을 도려내라고. 어떻게 그래요. 요즘 세상에. 깜짝 놀라며 말하는 여자에게 노인은 전광석화와 같은 눈빛으로 일갈했다. 넌 할 수 있어. 그 눈빛이 화살이 되어 심장 깊숙이 박히는 것 같았다. 여자는 매일 밤 원인 모를 통증에 시달렸다. 꿈을 깨고 나면 몸은 늘 축축하게 젖은 채였다.

  TV는 뉴스채널에 고정된 채 온종일 윙윙거렸다. 어느 때는 여자가 뉴스를 진행하는 모습도 보였다. 입가의 미소는 얼마 지나지 않아 이를 드러낸 웃음으로, 곧 폭소로 변했다. 여자는 마이크 앞에서 눈물이 나도록 웃고 있었다. 처음에는 현실과 꿈이 구분되었으나 날이 갈수록 그 경계가 불분명해졌다. 모든 여자 앵커가 자신인 것 같았다. 스튜디오 데스크에 단정히 앉아 뉴스를 진행하는 여자 앵커는 분명 자신이었다. 이것은 착각이 아니야. 여자는 자신의 모습을 홀린 듯이 쳐다보았다. 한참 쳐다보던 여자는 자신이 환시를 본 것을 알았다. 은행계좌의 잔고가 바닥났고 오피스텔은 만기를 넘겼다. 며칠 내로 집을 비워주어야 했다. 화장대 서랍을 열었다. 모아놓은 수면제를 가만히 바라보았다.

인터뷰 송부 메일을 읽은 기자는 실망한 나머지 불편한 기색을 숨기지 않았다.

"분량이 너무 짧습니다. 게다가 지극히 이성적이고 일반적인 내용뿐이에요. 누군가가 이미 썼던 표현들이고 새로운 게 전혀 없잖아요. 대체 만나기나 한 겁니까?"

여자는 아무 대답도 하지 않았다. 그 양반 치매가 분명해요. 그것도 아주 중증일 거예요……. 게다가, 꿈속에서도 얼마나 괴롭히는데요. 기자에게 대꾸할 말은 많았지만 여자는 입을 다물었다.

휴대폰 너머에서 한숨 쉬는 소리가 들렸다.

"다시 방문하세요."

기자가 결론을 내렸다.

"인터뷰 장면 사진이 필요하다고 하세요. 만나서 추가 인터뷰 진행하세요. 제가 보내드린 질문지 좀 잘 보시고요."

"……."

"마무리 잘해주실 줄로 알고 전 이만 끊겠습니다."

"아, 잠깐만요."

여자는 전직 아나운서답게 단정한 음성으로 또박또박 말했다.

"진짜 인터뷰 내용을 곧 보내드릴게요. 어쩌면 그게 더 흥미진진하고 센세이션할지도 몰라요."

통화를 끝낸 여자는 천천히 실내를 둘러보았다. 여전히 뉴스가 흘러나오는 TV. 또렷했던 여자 앵커의 윤곽이 조금씩 희미해지고 있었다. 여자는 눈을 감았다. 마지막 인터뷰가 필요했다. 자신에게도 노인에게도.

눅진하고 후덥지근한 날씨가 계속 되고 있었다. 사방에 숨어 있던 매미들이 한꺼번에 울어 젖혔다. 숲도 매미들의 울음으로 진동했다. 임계점을 맞은 물이 끓어오르는 주전자 뚜껑처럼 숲은 소란스러웠다. 지난번과 같은 장소에 차를 세우고 일부러 숲 사이로 걸었다. 어쩐지 그러고 싶었다. 이상한 호기심과 근거 없는 자신감이 마음 깊은 밑바닥에서 천천히 올라왔다. 할머니에게 단 한 번 반항한 적이 있었다. 할머니의 푸념 섞인 공치사가 끝도 없이 계속되었던 어느 날이었다.

"너를 키우는 데 얼마나 힘이 드는 줄 아니, 돈은 또 얼마나 들고."

아들과 며느리가 내버리듯 맡겨놓은 손녀는 할머니에

게 애물단지였을 것이다. 미워할 수도, 예뻐할 수도 없는 경계에서 할머니는 끝없는 잔소리와 푸념으로 여자를 괴롭혔다. 참다못한 여자가 눈을 동그랗게 뜨고 할머니한테 대들었다.

"할머니도 아빠 엄마처럼 나를 고아원에 맡겨버려! 그럼 되잖아! 나를 빨리 고아원으로 보내버리라구!"

목에 힘줄이 솟도록 소리소리 질렀다. 열 살 때쯤이었다.

"저런, 육시럴 년, 머리 검은 짐승은 거두어도 좋은 꼴을 못 본다더니……."

할머니는 길길이 뛰었지만 그 후 공치사가 사라졌다. 가끔 그녀의 눈치도 보았다. 그때의 기억은 여자의 마음을 조금씩 채워나갔다. 안개가 숲에 내려앉을 때처럼 소리 없이, 그러나 강렬하게. 지금이 바로 그런 용기가 필요할 때였다. 여자는 주먹을 꼭 쥐었다. 빼곡하고 울창한 느티나무 숲은 여전히 당당했다.

노인은 정자에 홀로 앉아 있었다. 오랫동안 손을 보지 않은 정자는 노인의 굽은 등만큼이나 초라해 보였다.

"누구신가?"

노인은 여자를 기억하지 못했다. 그날 이후 하루도 거르지 않고 나타났다 홀연히 사라졌던 노인이었다. 꿈속에서 이제 제발 사라져달라고 사정을 하려던 참이었다.

매일 밤 남자의 심장을 가져오라고 형형한 눈빛으로 채근했던 노인이었다. 그런 노인이 여자를 모르는 사람 취급하고 있었다.

"처음 보는 얼굴인데?"

여자가 침착하게 말했다.

"사진 찍어드리려고 왔어요."

여자가 노인의 손을 잡아 일으켰다.

"저 숲을 배경으로 찍어드릴게요."

노인을 수수히 익어섰다. 느티나무로 가득 찬 숲속은 어둑했다.

"이 숲은 오래전 화산이 있던 자리였음이 분명해. 바위에 군데군데 구멍이 숭숭 뚫린 것이."

노인은 간간이 눈에 띄는 검은 바위들을 가리켰다. 화산이었다면 느티나무가 이리 크게 자라지는 않을 터였다. 숲 이전의 지형이 무엇이었느냐는 여자에게 아무런 상관이 없지만 노인에게는 중요한 문제일 수도 있다. 북한에서 사선을 뚫고 내려와 낯선 곳에 뿌리를 내린 노인이었다. 어느 시기에 융기하여 몇 백 년 동안 이곳을 지켜냈는지. 고향을 잊지 못하는 노인에게는 나무와 땅의 관계 맺음이 관심사였다.

형식적으로 사진 몇 장을 찍었다. 투박하고 건조한 목소리조차 노인이 서 있는 숲과 잘 어울렸다. 공격성이 사라진 노인은 금방이라도 쓰러질 것처럼 휘청거렸다. 여자가 얼른 노인의 팔을 붙들었다. 지푸라기처럼 무게감이 없었다.

"이거 좋아하신다면서요."

여자가 가방에서 막걸리를 꺼내 노인 앞에 들어 보였다. 가자미식해와 종이컵, 나무젓가락도 꺼냈다. 노인에게 막걸리를 따라 건넸다. 막걸리를 받아 든 노인은 비로소 여자의 눈을 제대로 쳐다보았다. 얇은 막에 쌓인 눈동자는 안개 속에 갇힌 듯 초점이 분명치 않았다. 노인의 눈에서 눈물이 주르르 흘렀다.

"중도를 지키는 것은 비겁한 일이야. 둘 중의 하나를 택해서 온전히 뿌리를 내렸어야 했어."

노인은 중얼거리며 컵을 비웠고 여자는 술을 따랐다.

"이제 제 꿈속에 나타나지 않으실 거죠."

노인이 순순히 고개를 끄덕였다. 무슨 의미인지 전혀 모르는 표정이었다. 가자미식해를 노인에게 건넸다. 어렸을 적 어머니가 해주셨던 고향의 맛이라며 반겼다. 맛나게 먹는 노인을 물끄러미 지켜보던 여자가 미소 지었다. 처음으로, 마음을 담은 미소였다. 숲길을 거니는 듯 몽롱한 기운에 휩싸여 있는 노인에게 자꾸 말을 걸었다.

"우리, 너무 잘 어울리는 거 알죠?"

기억을 잃어가는 당신과 기억을 잃어버리고 싶은 나.

정말 잘 어울리잖아요. 여자가 속으로 삼킨 말은 진심이었다.

"그런데 댁은 뉘시오?"

노인이 말끔한 표정으로 물었다.

여자가 계속 웃었다.

"처음 만난 사람들이죠."

노인의 몸이 조금씩 기울어지기 시작하자 여자도 자신의 컵에 막걸리를 따랐다. 기억을 공유하지 않은 대화는 즉각적인 감정과 감정이 주를 이루고 가끔은 전두엽의 지시에 따른다. 살아온 이력은 비밀스러운 공간으로 밀어 넣는다. 마치 기억을 잃어버린 사람처럼 모든 것이 낯설게 다가올 때 그 모든 것은 '첫'이 된다.

여자는 그 모든 것에서 다시 처음이 되고 싶었다. 유명 인사의 부음을 알리면서 웃음이 터졌던, 그날의 기억을 잃어버리고 싶었다. 웃어라, 웃어. 늘 어깨에서 속삭이는 할머니의 존재도 잃어버리고, 자신을 팽개친 엄마 아빠의 기억도 잃어버리고, 어릴 때 구석에서 혼자 견디었던 시간도 잃어버리고 싶었다. 그렇게 생각하며 여자는 웃었다.

노인 앞에서 기억을 잃어버린 사람이 된다는 것은 그다지 나쁜 일은 아니었다. 모든 '첫'과 마주할 수 있는 앞으로의 시간들은, 나를 아는 모든 사람이 나를 잃어버리고, 하다못해 나 자신까지 나를 잃어버려도 그것은 또 하나의 경이로움이 될 수 있는 것이다.

여자는 계속 술을 따라 마셨다. 노인이 맛있게 먹었던 가자미식해도 먹어보았다. 노인은 난간에 비스듬히 기댔고, 종이컵은 흐물흐물해졌다.

아무하고나 값싼 유대감을 맺고 싶고, 마주치는 첫 번째 사람이나 전혀 사귈 가치조차 없는 사람과도 자신의 마음을 헐고 하나가 된 느낌에 빠지고 싶을 때가 있기 마련이라고, 릴케가 말했던가?

무거워지는 눈꺼풀을 참기 힘든지 노인은 눈을 감았다. 잠에 취한 듯 앉은 자리에서 그대로 쓰러졌다. 오래된 느티나무 한 그루가 쓰러지는 것 같았다. 손을 뻗치면 잡을 듯 가까운 거리에 노인의 숲이 있었다. 곧게 뻗은 느티나무 숲이 한층 가까워진 느낌이었다. 여자는 저 넓은 숲이 자신의 소유라는 것조차 잊어버린 노인의 얼굴을 가만히 내려다보았다. 당당한 노인으로 남게 해드릴게요. 은둔하다가 고요히 사라지는 노인으로 남게 해드릴게요.

노인은 불규칙한 숨소리를 내며 코를 골기 시작했다. 노인의 숨소리가 조금씩 거칠어졌다. 여자가 가만히 노인의 가슴에 귀를 갖다 댔다. 남자의 심장은 거기에도 있었다. 이제 먼 여행을 떠나는 그에게 마지막 행장을 꾸려주는 일만 남았다. 여자의 손톱은 길고 붉었다. 여자는 웃었다. 마음놓고 실컷 웃었다.

— **개철수가 죽었다** —

정이수

2002년 《월간문학》으로 수필 등단. 2014년 《한국소설》로 소설 등단. 수필집 『문자메세지 길을 잃다』. 소설집 『2번 종점』 『개철수가 죽었다』가 있음. 2016년 (세계 책의 수도의 해) 인천시장 표창, 인천예술인협회(문학) 공로상, 인천문학상, 한국소설작가상 수상. glmani3@hanmail.net

개철수가 죽었다

"개철수가 죽었다고?"

조수석에 앉아 휴대폰으로 카페 게시판에 올라온 글 제목을 훑어보다가 나도 모르게 혼잣말처럼 중얼거렸다.

"개철수가 죽었다고. 개철수가 누군데?"

망자에 대한 예를 갖추기보다는 생소한 이름 때문인지 뒷좌석에 앉아 있던 일행들이 웃으며 한마디씩 보탠다. 나무랄 일은 아니었다. 처음 그의 이름을 들었을 때 나도 그랬으니까. 그런데 이 기분은 뭐지? 개철수가 죽었다는 소식에 마치 오랜 지기를 잃은 것처럼 기분이 묘했다.

"미안한데 나 지하철역 닿는 곳에 내려줘. 아무래도 오늘 출사는 어려울 것 같네."

"리더가 빠지면 어떡해. 문상은 출사 다녀와서 가도 되잖아. 간만에 카메라 셔터 좀 눌러보려고 따라나섰는데. 코로나 때문에 문상 안 가도 나무랄 사람 없을 거야. 부모 형제 상을 당한 것도 아니고."

"자세한 설명은 나중에. 다음 출사 땐 하늘이 두 조각 나도 꼭 참석할게. 세미원은 다들 몇 번 다녀온 곳이니 내가 따로 안내하지 않아도 될 거야."

웃음기 가신 표정이 심각해 보였는지 더이상 토를 다는 사람은 없었다.

장례식장이 어딘지, 상주가 누군지, 전화번호도 없이 게시된 달랑 한 줄 부음에 그새 50여 개가 넘는 댓글이 달렸다. 몇 번이나 고쳐 쓴 긴 글을 삭제하고 나도 한 줄 짧은 애도의 글을 남겼다.

- 삼가 고인의 명복을 빕니다-

개철수! 단 한 번도 그를 본 적이 없다. 하긴 그의 죽음을 애도하는 친구 중 누구도 그를 직접 만나 본 사람은 없을 것이다. 그럼에도 대부분의 회원들이 그의 일거수일투족을 일기장 들여다보듯 훤히 아는 것은 이틀이 멀다고 카페 게시판에 올라오는 술붕어의 걸쭉한 입담 때문이다. 개철수가 막걸리를 좋아한다는 것도, 떡집 사장이라는 것도, 외모는 소도둑놈같이 생겼어도 남녀노소 불문 인기가 좋다는 것도, 그의 본명이 개철수가 아닌 강철수라는 것도 아는 사람은 다 안다. 그럼에도 그는 여전히 개철수로 통했다. 김, 이, 박, 최, 정 어떤 성을 앞에 붙여보아도 개철수처럼 입에 붙지 않았다.

술붕어와 개철수, 일상생활에서 두 사람이 엮어내는 경험담은 추리소설이나 콩트를 읽는 것만큼이나 재미있고 흥미진진했다. 내가 알고 있는 굵직굵직한 사건 사고만도 열 손가락이 모자랄 정도다.

두 사람은 처음 만남부터가 남달랐다. 술집에서 만나 인사를 나누면서 서열 문제를 놓고 치고받고 싸움을 벌였다고 했다. 쌍방이 피를 보고 난 뒤 어렵게 합의를 보고 술친구가 되었다는데, 서열 문제를 놓고 오갔을 두 사람의 입씨름이 어떠했을지 짐작이 가고도 남는다.

1962년 11월 30일생인 술붕어와 1963년 1월 2일생인 개철수의 서열 전쟁은 음력과 양력의 싸움이기도 했다. 35일의 전쟁, 개철수는 음력을, 술붕어는 주민등록상의 생년월일을 들이대며 밥그릇 계산을 한 것이다. 개철수 계산대로 음력으로 하면 동갑내기였지만 양력으로 따지면 연도가 바뀌며 숫자상으로는 한 살 차이가 났다. 하지만 개철수가 누구인가. 그의 똥고집을 당할 재간이 없다고 판단한 술붕어가 먼저 한발 물러서면서 동갑내기 친구로 깔끔하게 마무리가 된 것이다.

이후 두 사람을 끈끈이처럼 붙여준 건 말술을 자랑하는 주량과 취미인 낚시였다. 밥 살까, 술 살까 하면 뒤도 안 돌아보고 술집으로 들어간다는 개철수, 그를 술고래에서 개철수로 부르게 된 건 순전히 주사 때문이라고 했다. 평소엔 말수도 적고 샌님처럼 얌전하던 강철수가 술만 마시면 백팔십도 바뀌어 진상을 부리는 통에 강 씨에서 개 씨로 성을 바꾸었다고.

한겨울 얼음낚시를 하다가 얼음이 깨져 죽을 고비를 넘겼던 것도, 인삼밭에 들어가 슬쩍한 인삼 몇 뿌리를 닭백숙 만든다고 가마솥에 넣었다가 도둑으로 몰려 삼백만 원 물어주고 세상에서 제일 비싼 삼계탕을 먹은 것도, 바다낚시에서 다금바리를 낚아 잡지 표지모델이 되었던 것도……. 하지만 이제 두 사람의 이야기는 술붕어가 카페에 올린 글 속에서나 들춰볼 수 있게 됐다.

술붕어의 두 번째 글이 올라왔다. 달랑 한 줄 개철수가 죽었다는 제목만 올려놓고 보니 너무했다 싶었는지 이번에는 농담 반 진담 반 자신의 속마음을 담아냈다. 술 마시고 싶어 어찌 관 속에 누워있는지 모르겠다며 개철수의 웃는 모습이 보고 싶다고 했다. 부의금 적다고 투정 부리지 말고 편히 가라는 내용도 들어있었다. 관 속에 낚싯대를 넣어 줄 테니 이승에서 못한 낚시 저승에서 원 없이 하라고도 했다. 친구를 떠나보내면서 슬픈 마음을 유머로 희석해 웃음을 주는 술붕어와 개철수의 남다른 우정이 부러운 한편 짠하기도 했다.

 댓글로 장례식장을 물어보려다 절친도 아닌데 너무 오버하는 것 같아 그만두었다. 한 번도 본 적 없는 그의 부음에 왜 출사까지 포기하고 허둥대는지, 또 문상갈 생각까지 하는지 생각할수록 헛웃음이 나왔다. 한 번도 만나본 적 없기는 술붕어도 마찬가지였다. 카페에 올라온 사진을 본 게 전부였다. 그것도 마스크와 선글라스를 쓰고 있어 대충 얼굴 윤곽만 드러난 모습이었다. 카페에 올라온 글을 통해 알게 된 인연, 그럼에도 두 사람 모두 십년지기처럼 가깝게 느껴지는 건 왜일까?

 개철수가 간암에 걸렸다는 글이 올라온 날은 그 어느 때보다 게시판이 뜨겁게 달아올랐다. 위로에서 명의를 소개하기까지, 회원들이 한마디씩 응원의 글을 남겼다. 좋아하는 술을 못 마시면 무슨 재미로 사나요. 요즘은 의술이 좋아 암은 병도 아닙니다. 간에 좋은 약초가 있는데 보내드릴까요? 쾌유를 비는 내용의 댓글이 꼬리에 꼬리를 물었다. 심란했다. 내가 책임질 일도 아니고 대신 아파해줄 것도 아니면서 이유 없이 그냥 미안했다. 기침 몇 번에 하루 세 번 감기약을 입에 털어 넣은 것도 그랬고, 얼굴에 난 뾰루지 때문에 피부과를 찾아간 것도 그냥 미안했다. 말기 암이라면 사형선고를 받은 거나 마찬가지 아닌가. 생을 마감하기엔 아직 젊은 나이, 한 남자의 끝이 보이는 것 같아 안타까웠다. 언제가 될지 모를 죽음 앞의 내 모습을 미리 보는 것도 같았다. 편의점에 들러 담배와 생수 한 병을 샀다. 제대하던 날 여자친구의 부탁으로 각서까지 쓰면서 끊었던 담배를 다시 피워 물었다. 담배와 여자, 헤어진 이유가 딱히 담배 때문은 아니었지만, 가끔 그녀의 잔소리가 그리울 때가 있다.

본명보다 개철수란 별명이 더 잘 어울리는 남자, 이유야 어찌 됐든 개철수는 그렇게 자신의 사생활이 친구인 술붕어의 펜 끝에서 노출되는 줄도 모르고 유령회원으로 〈62 범띠〉 카페에서 몇 년을 머물다 갔다. 죽어서까지 인사받기에 바쁜 개철수. 그것도 이름도 얼굴도 모르는 사람들에게.

고인의 명복을 비는 애도의 글이 계속 꼬리를 물고 이어졌다. 마치 유명 인사 장례식장에 늘어선 조화처럼 댓글이 줄을 늘이고 있다. 조문 가는 사람이 있으면 따라붙으려고 수시로 카페를 들락거렸다. 하지만 개철수의 죽음을 안타까워하는 건 한 줄 애도의 글, 거기까지였다. 술붕어가 상주라도 되는 양 중간중간 감사의 인사말을 남겼다.

술붕어가 올린 글을 찬찬히 훑어보았다. 한참을 뒤적인 끝에 개철수가 운영하는 떡집 상호를 찾아낼 수 있었다. 휴대폰에 상호와 전화번호를 입력하고 곧바로 ktx 열차표를 예매했다. 묵호항에 가서 〈묵호 떡집〉을 연결하다 보면 장례식장을 찾을 수 있을 것 같았다.

간간이 출사 팀에서 보내오는 메시지 알림음이 울린다. 친구 죽음에 너무 상심하지 말라는 위로의 말도 들어있다. 개철수 죽음에 내가 위로받을 일은 아니었지만 그렇다고 억지로 가라앉은 기분을 끌어올리고 싶지도 않았다. 피로가 한꺼번에 밀려왔다. 오후 5시 30분 묵호항역 도착 예정. 탑승 절차가 끝나자 긴장이 풀려서인지 졸음이 쏟아졌다. 그러고 보니 출사 간다고 서두르느라 아침도 거른 상태였다.

코로나19 여파 때문인지 기차 안은 한산했다. 좌석번호가 있었지만 창가 쪽 빈자리를 찾아 앉았다. 청바지에 카메라를 든 모습이 어디로 보나 문상 가는 사람의 복장은 아니다. 사실 옷을 갈아입을 시간도 그럴 기분도 아니었다. 모자와 선글라스를 벗는 것으로 고인에 대한 예의를 차릴 수 있을지 모르겠다.

인터넷에서 묵호 떡집을 검색했다. 검사 결과가 없다는 메시지가 뜬다. 휴대폰의 모든 수신 기능을 무음으로 해놓고 택시를 타기 위해 큰길로 나섰다. 묵호항역에서 가장 가까운 장례식장부터 들러 확인해 보기로 했다.

　**장례식장은 묵호항에서 차로 10분 거리에 있었다. 장례식장 입구에서 열 체크를 하던 직원에게 고인의 이름을 대자 표정 관리가 안 되는지 재빨리 앞에 놓인 서류를 뒤적인다. 몇 번이나 고개를 갸웃거리던 여직원이 기어들어 가는 소리로 묻는다.

"혹시 고인 성함이 강철수 님 아닌가요?"

아차 싶었다. 나도 모르게 튀어나온 별명 개철수, 실수를 인정할 수밖에. 그가 안치된 곳은 B-103호였다. 장례식장으로 연결된 지하 계단을 천천히 걸어 내려갔다. 문상객은 한 팀도 없고 어머니로 보이는 노인과 젊은 남자 둘이 앉아 있다가 내가 들어서자 일어나 예를 갖춘다. 영정사진 속 개철수는 웃고 있었다. 선이 굵은 얼굴에 안경을 쓰고 있었는데 그 모습이 낯설지 않았다. 어디로 보나 소도둑놈 인상은 아니었다. 소도둑놈은 술붕어가 붙여준 또 다른 별명인 것 같았다. 인사를 하고 뒤돌아 나오는데 노인이 따라 나오며 옷소매를 잡는다.

"입이라도 축이고 가요. 철수 친구 같은데?"

"네, 친구 맞습니다. 진즉 한 번 찾아뵙는다는 것이 그만."

구구절절 설명하기도 그렇고 달리 할 말도 없어 생각나는 대로 둘러댔다. 친구! 아주 틀린 말도 아니었다. 그동안 개철수를 마음 가까이 두고 있었으니까. 하지만 친구라기보다는 팬이라고 하는 게 옳은 것 같다.

육개장에 밥을 말아 안주 삼아 소주잔을 비웠다. 내 설움에 운다고 했던가. 술이 몇 잔이 들어가자 나도 모르게 눈물이 났다. 불투명한 미래, 어디를 둘러봐도 희망이라곤 보이지 않았다. 하향곡선을 그리던 PC방은 코로나19가 겹치면서 폐업 일보 직전이다. 딸린 가족이 없어 그나마 다행이다.

카메라가 친구가 돼 주었다. 오늘도 답답한 마음에 바람이나 쐬고 오자며 번개 출사 공지를 띄우고 카메라를 챙겨 나왔는데, 생각지도 않은 문상으로 인해 계획이 틀어진 것이다.

"어서 들어요. 죽은 놈은 죽은 놈이고 산 사람은 살아야지."

노인이 유리잔 가득 소주를 따라 내밀며 길게 한숨을 내쉰다. 아들의 오랜 투병 생활에 감성까지 메마른 것일까. 하긴 슬픔이 너무 크면 눈물조차 나오지 않는 법이다. 어쩌면 노인은 가슴속 깊이 눈물을 가두고 일부러 씩씩한 척하는지도 모르겠다. 씩씩해서 더 슬픈, 상복 대신 일복을 입고 문상객을 맞이하는 노인의 모습이 안타까워 선뜻 일어서지도 못하고 애꿎은 소주잔만 비워냈다. 띄엄띄엄 문상객들이 다녀갔다. 조의금만 디밀고

가는 사람도 눈에 띄었다. 사회적 거리두기, 코로나가 장례식장 풍경까지 바꾸어 놓는 것 같아 씁쓸했다.

술붕어가 나타난 건 저녁 여덟 시가 넘어서였다. 퇴근하고 오는 길이라며 복장 불량을 자진신고 한다. 사진에서 본 것보다 키도 크고 덩치가 있어 보였지만 그가 술붕어라는 걸 금세 알 수 있었다. 술붕어는 망자에 대한 예를 갖출 생각도 않고 제단 앞에 양반다리를 하고 앉아 뚫어져라 영정사진을 들여다본다. 간간이 한숨소리가 들린다.

"마지막까지 내 술친구로 남겠다더니 그렇게 혼자 누워있으니 좋니?"

혼잣말처럼 중얼거리던 술붕어가 노인을 붙잡고 눈물을 훔친다.

"그동안 철수 병수발하느라 고생 많으셨어요. 앞으로 자주 찾아뵐게요."

"말이라도 고맙구먼. 땅을 치며 울어본들 죽은 놈이 살아 돌아올 것도 아니고."

눈물을 훔치는 술붕어를 달래서 테이블에 앉히고 노인은 나한테 그랬던 것처럼 손수 상차림을 했다. 술붕어는 음식은 손도 안 대고 연거푸 소주만 들이켰다. 테이블 너머 그의 표정까지 읽을 수는 없었지만, 친구를 잃고 애통해하는 마음이 고스란히 전해졌다. 누구라도 친구의 죽음 앞에 의연할 수 있을까. 술붕어를 따라 애꿎은 소주잔만 들었다 놨다 했다.

"너무 마음 아파하지 마세요. 철수 그놈 좋은 데 갔을 거예요."

"개똥밭에 굴러도 이승이 좋다는데. 자식 앞세운 에미가 입이 열 개라도 무슨 할 말이 있겠냐만, 그동안 나도 한다고 했느니라. 핏덩이로 들어와서 육십여 년 서로 정 붙이고 살았으니 그만하면 됐지 싶다. 타고난 명대로 살다간 게지."

"그걸 누가 몰라요. 철수도 그걸 아니까 끝까지 어머니 곁에 남아있었던 거고. 그나저나 그쪽에 연락은 했어요?"

"연락은 무슨. 생각이 있는 사람 같으면 궁금해서라도 한 번 들여다봤을 텐데. 배 아파 낳은 제 새끼가 아픈지 죽었는지도 모르고. 인정머리하곤……."

노인이 맥주 컵에 소주를 따라 단숨에 들이킨다. 아들의 죽음 앞에서 눈물 한 방울 보이지 않는 노인을 보며 일부러 씩씩한 척하는 거라고 생각했는데. 두 사람의 대화 내용을 들어보니 개철수는 노인의 친자식이 아니다. 술붕어가 카페에서 한 번도 언급한 적이 없는 처음 듣는 얘기였다.

술붕어와 눈이 마주칠 때마다 신경이 쓰였다. 도둑이

제 발 저리다고 애꿎은 술잔만 들었다 놨다 했다. 불편한 심기를 읽기라도 한 것일까. 막차 시간을 계산하며 카메라와 휴대폰을 챙겨 마악 자리에서 일어서려는데 술붕어가 술잔을 챙겨 들고 내가 앉아 있는 테이블로 건너왔다.

"같이 마십시다. 혼자 마시려니 영 기분이."

"저도 혼술을 즐기진 않지만 오늘은 어쩔 수 없이 그냥 마시게 되네요. 마악 일어나던 참이었습니다."

"난 이제 시작인데……. 철수 친구라면 대충 아는데 처음 보는 얼굴이네요."

"군대 동깁니다. 한동안 못 만났는데 부음 문자 보고 달려왔어요. 아드님이 철수 휴대폰에 있는 전화번호를 보고 연락을 한 것 같습니다."

거짓말은 또 다른 거짓말을 낳을 수밖에 없었다. 한 번 내뱉은 친구라는 말에 책임을 지는 수밖에. 다행히 의심받을 일은 없을 것 같았다. 그동안 술붕어가 올린 글을 통해 얻어들은 얘기만 꺼내 놓아도 개철수에 대한 정보는 충분했다. 굳이 비밀에 부칠 일은 아니었지만, 오늘 일은 나중에 술붕어와 좀 더 가까워지면 그때 밝혀도 늦지 않다고 생각했다. 시간이 지나면서 대화는 자연스럽게 개철수 얘기로 넘어갔다. 간간이 맞장구를 쳐주었지만 술김에 생각 없이 아는 척하다가 들통이 날까 봐 조심스러웠다. 술붕어의 눈이 자꾸만 카메라에 멈춘다. 장례식장에 카메라를 들고 온 친구가 영 못마땅한 얼굴이다. 트집이라도 잡으면 골치 아플 것 같아 테이블 밑으로 슬그머니 카메라를 밀어 넣었다. 개철수와 처음 만나던 날 서열 문제로 피를 보았다는 술붕어 아닌가.

"철수 그놈이 이렇게 빨리 갈 줄 몰랐어요. 술 마시다 싸우기도 많이 했지만, 나랑은 죽이 잘 맞는 친구였거든요."

"함께 어울려 다니다 보면 재미있는 일도 많았겠어요. 사건 사고도 많았을 테고."

카페에 올라온 글을 통해 이미 다 알고 있었지만 한번 슬쩍 건드려 보았다. 울고 싶은데 뺨 맞은 사람처럼 술붕어는 장소가 장례식장이란 것도 잊고 무용담을 늘어놓기 시작했다. 글에서도 그랬지만 그의 입담은 대적할 사람이 없을 것 같았다.

개철수 이야기는 몇 번을 재탕해 들어도 재미있었다. 술에 취하고 이야기에 취해 쉽사리 자리를 뜰 수 없다. 흡연실 다녀오는 길에 노인을 만났다. 매점에 다녀오는지 손에 막걸릿병이 들려있었다.

"철수가 막걸리를 좋아해서. 혼자 가는 길, 그나마 취해서 가다 보면 외롭지 않겠지. 그놈이 덩치만 컸지 엄살도 많고 겁이 많았거든."

노인이 막걸릿병을 들고 휘적휘적 제단 앞으로 걸어간다. 목줄 걸린 강아지처럼 노인을 따라 천천히 발걸음을 놓았다.

한 잔 더하자며 잡아끄는 술붕어를 따라간 곳은 장례식장에서 5분 거리에 있는 횟집이었다. 이미 많이 취해 있었지만 그의 호의를 거절할 수 없었다. 서울행 막차를 놓치고 보니 달리 방법이 없기도 했다.

"개철수! 너 2차 좋아했지. 지금 니 군대 동기랑 술 마시고 있다. 한잔하고 싶으면 관 뚜껑 열고 달려오시든가."

술붕어는 안주로 나온 회를 보자 개철수가 생각났는지 곁에 있기라도 한 것처럼 주절댔다. 아직도 개철수의 죽음을 믿고 싶지 않은 모양이었다. 술에 취한 것인지 눈물을 참느라 그런지 술붕어의 눈가가 벌겋다.

"어이 군대 동기! 이름이 뭐였더라. 요즘 내가 깜빡깜빡한다니까. 사실 오늘만큼은 내 머릿속을 깡그리 비워내고 싶다. 그건 그렇고 내일 발인 때도 함께 있어 줄 거지?"

술에 취해 횡설수설하던 술붕어가 깜빡이도 안 켜고 훅 들어온다.

"당연히 마지막까지 함께 해야죠."

나도 계산 없이 그냥 되는 대로 대꾸했다. 일이 꼬이기 시작하자 판단력도 흐려지는 것 같았다. 그럴 수도 있다고 생각했지만 얼결에 약속을 하고 보니 후회가 밀려왔다. 이제는 장지까지 따라가야 하다니? 첫 단추를 어디서부터 잘못 꿴 것일까. 어쩌면 출사를 포기하면서부터 답은 이미 나와 있었는지도 모르겠다. 빠져나갈 구멍을 찾기엔 이미 늦은 것 같다. 포기는 빠를수록 좋다고 했던가. 술붕어가 술잔 가득 소주를 따라주며 몇 번이고 고맙다는 인사를 했다. 인사를 받을 만큼은 아니었지만 싫지 않았다. 글에서도 그랬지만 술붕어는 단번에 사람을 휘어잡는 말재주가 있었다.

재탕 삼탕, 그의 이야기는 횟집에서도 계속 이어졌다. 낚시 갈 때면 소주박스를 싣고 다녔다던 술붕어, 그의 주량을 알고 있었지만, 생각보다 술통이 컸다. 마시는 척, 반은 마시고 반은 빈 그릇에 쏟아버리며 끝없이 이어지는 술붕어 얘기에 간간이 맞장구를 쳐주었다.

"개철수랑 친구면 나하고도 친구여. 이제부터 말 놓자고."

"그거야 어려울 거 없죠. 술붕어 그대가 원한다면, 앞으론 개철수 대신 내가 술친구 해줄게요."

술붕어, 나도 모르게 닉네임이 튀어나왔다. 뜨끔했다. 술붕어가 초고추장에 찍은 회를 입안 가득 욱여넣다 말고 무슨 생각이 났는지 혼자 클클 댄다. 영문도 모른 채 그를 따라 웃는다.

"홀딱 벗고 상견례한 사람은 이 지구상에 나 말고 또 없을 거야. 정말 웃기는 일이었지."

또다시 깜빡이도 켜지 않고 훅 들어온다.

"옷을 벗고 상견례를 했다고? 그게 사실이라면 해외 토픽감이네."

"개철수나 나나 술 때문에 생긴 사건 사고가 한두 가지가 아니지만, 그 일만 생각하면 자다가도 웃음이 난다니까. 결혼을 약속하고 상견례 겸 처음으로 처남댁에 갔을 때의 일인데 내가 간다니까 손위 동서 포함 대 식구가 모였더라고. 마누라가 10남매 중 일곱째거든. 이 사람 저 사람 작정을 하고 따라주는데 사양할 수가 있어야지. 주는 대로 넙죽넙죽 받아 마셨지. 그때나 지금이나 술을 엄청 좋아했거든. '박 서방 술 잘 마시네' 둘째 동서가 제일 좋아하더라고. 그동안 대작할 사람이 없었는데 술 잘 먹는 동서가 나타났으니 살판난 거지. 인사불성이 되어 쓰러졌는데 어느 순간 눈을 떠 보니 천장이 빙글빙글 돌더라고."

"결혼도 하기 전에 잘렸겠네. 술주정뱅이한테 누가 딸을 주겠어."

"나야 손해 볼 거 없었지. 그땐 이미 산전수전에 공중

전까지 다 치른 상태였거든. 암튼 목이 말라 일어나 보니 주위엔 아무도 없고 어디가 어딘지 분간할 수가 있어야지. 들어올 때 보았던 대문 옆 수도꼭지가 생각나서 무조건 빛이 들어오는 쪽으로 걸어갔지. 문을 열고 발을 내딛는 순간 몸이 붕 뜨는가 싶더니 그대로 곤두박질, 그런데 문제는 그다음이었어. 난 잘 때 옷을 벗고 자는 버릇이 있거든."

"세상에! 그다음 일은 안 봐도 비디오네."

"웅성거리는 소리가 들렸지만 눈을 뜰 수가 있어야지. 내 꼬라지를 상상해 보라구."

술붕어는 그때 일이 생각나는지 얘기를 하다 말고 또다시 입을 비틀며 웃는다.

"실오라기 하나 걸치지 않은 상태로 2층에서 떨어졌는데 다행히 비 가리개용 천막 위로 떨어졌어. 그대로 뻗어버렸지. 손끝 하나 움직일 수가 없더라고. 등치는 산만한 놈이 술까지 취해 늘어졌으니 얼마나 무거웠겠어. 처형들 포함 네 명이 달라붙어 방으로 옮기는데 너무 무거워 들었다 놓기를 반복하다 보니 수건으로 가린 거시기가 만천하에 드러난 거야. 결혼 허락받으러 갔다가 처형들한테 내 물건 인사시킨 꼴이 됐지. 처갓집 식구들이 입을 모아 주태백이에게 시집 못 보낸다고 난리를 쳤지만 어쩌겠어. 이미 볼장 다 봤는데. 모르긴 몰라도 내 거시기 보고 안심한 사람도 있었을 거야. 믿거나 말거나 내 물건이 제법 쓸 만하다니까."

2차 3차 자리를 옮겨가면서 이어진 술붕어 얘기는 들어도 들어도 질리지 않았다.

"내 얘기만 해서 미안한데 솔직히 오늘 같은 날 심각할 필요 없잖아. 이렇게 만난 것도 인연인데 오늘 밤 코가 삐뚤어지도록 마셔보자고. 개철수 그 새끼 술만 처먹으면 개지랄을 떨어 한때 멀리한 적도 있었는데 생각해보니 후회되네. 지금이라도 철수야! 하고 부르면 저 문을 열고 들어올 것만 같아."

눈물이 나는지 술붕어가 마른세수를 하듯 두 손으로 얼굴을 쓸어내린다.

"그건 그렇고 하나만 물어봅시다. 일부러 들으려고 들은 건 아닌데 철수가 친자식이 아니라니 그게 무슨 말이여. 금시초문이라서."

"개철수 아버지가 작은 여자를 봐서 나은 자식이야."

"철수에게 그런 사연이 있었구먼."

"뒤늦게 친엄마가 아니란 걸 알고 한동안 폐인처럼 술만 마셔댔지. 떡집 운영하며 돈도 많이 벌었는데 철수가 아프면서부터 문 닫는 날이 더 많았어. 암 투병 중에도 나랑 낚시도 다니고 술도 마시고 했는데……."

두 사람 별명이 왜 술고래이고 술붕어인지 알 것도 같

앉다. 몇 년은 더 살 수도 있었는데 만났다 하면 술판을 벌인 자기 죄가 크다며 술붕어가 눈가를 훔친다.

이튿날 약속대로 발인식에 참석했다. 유해는 화장 후 두 사람이 자주 갔던 촛대바위가 보이는 낚시터 근처에 뿌려졌다. 장례식장에서 끝까지 눈물을 보이지 않던 노인은 뼛가루가 바람에 날리자 그 자리에 털썩 주저앉아 통곡했다. 우두커니 서서 노인을 바라보는 술붕어의 두 눈이 벌겋다.

장례식이 끝날 때까지 술붕어에게 나는 그냥 군대 동기로 통했다.

"이쪽에 올 일 있으면 연락해. 내가 술은 얼마든지 살 테니."

술붕어가 명함을 내밀며 사람 좋은 얼굴로 웃는다.

"일부러라도 시간 만들어 한 번 내려올게. 이거 폼으로 들고 다니는 거 아니거든."

카메라를 들어 보이자 술붕어가 입에 물고 있던 담배를 발로 비벼 끄며 말했다.

"그 말 한번 잘했다. 어제부터 그 물건이 엄청 신경 쓰였거든. 초상집에 오는 놈이 웬 카메라를 들고 나타났나 하고. 한마디 하려다 그만두었는데 사진작가였어? 여기 바다를 끼고 달리다 보면 볼 만한 곳이 많아. 정동진, 망상해수욕장, 바다부채길, 더 위로 올라가다 보면 김일성

별장도 있고. 경치가 좋아서인지 사진 찍으러 오는 사람들이 많더라고. 그러고 보니 고상한 취미를 가졌네. 난 술 마시는 거 빼고 할 줄 아는 게 별로 없는데. 술 마시는 게 취미가 될 순 없을 테고, 그마저도 개철수가 없으니……."

"사진작가는 무슨, 그냥 취미로 찍는 거야. 암튼 조만간 또 봅시다."

헤어지는 게 서운했는지 술붕어가 자동차로 묵호항역까지 태워다 주었다. 글로 먼저 만나서일까. 잘 가라며 악수를 청하는 그가 오랜 지기라도 되는 양 살갑게 느껴졌다.

문상을 다녀오고 꼬박 이틀을 앓았다. 손끝 하나 움직이기가 싫었다. 코로나바이러스에 붙잡힌 건 아닐까 의심이 갈 정도였다.

게시판이 조용하다. 도배를 하다시피 하던 술붕어의 글이 안 보인다. 혹시나 해서 이방 저방 뒤적여 보았지만 헛수고였다. 아직 개철수를 잃은 충격에서 벗어나지 못한 것일까? 휴대폰에 입력된 전화번호를 누르다 그만두기를 몇 번, 특별히 할 말이 없기도 했다. 이심전심 통하는 게 있었던 것일까?

'저승에서 온 메시지'란 제목의 글이 카페 게시판에 올라왔다. 술붕어가 올린 글이었다. 제목부터가 예사롭지 않다. 무슨 일인가 싶어 단숨에 읽어 내려갔다. 개철수 아들이 보낸 메시지 내용을 그대로 옮겨 놓았다. 감자를 캤는데 한 박스 보낼 테니 주소를 보내달라는 내용이었다. 그러잖아도 떡집 앞을 지날 때면 개철수 생각이 나서 죽을 맛인데 놈의 이름으로 보낸 메시지를 받고 보니 가슴이 철렁했다고. 떠난 지 한 달이 넘었는데 아직 휴대폰 해지를 안 한 것 같다며 개철수의 죽음이 아직도 믿어지지 않는다고 했다.

가고 없는 개철수 이야기는 그렇게 아들이 보내온 메시지를 통해 현재 진행형으로 이어지고 있었다. 생각난 김에 술붕어에게 안부 메시지를 보냈다. 곧바로 답장이 왔다. -철수 49재 때 봅시다. 여행한다 생각하고 오슈. 바다낚시로 잡은 자연산 회에 숙소 예약까지 책임질 테니- 고민도 잠시 꼭 참석하겠다는 메시지를 보냈다. 그의 말처럼 출사 다녀온다 생각하면 복잡할 것도 없었.

카메라보다 먼저 막걸리를 챙겼다. 개철수 팬의 한 사람으로 술 한 잔 올리고 싶었다. 묵호항역에 내리니 술붕어가 기다리고 있었다.

"내일 아침에나 올 줄 알았는데. 군대 동기! 암튼 반갑네."

악수 대신 가방에 챙겨온 막걸리를 들어 보였다. 개철

수에게 먼저 인사를 하고 싶다고 하자 주머니를 뒤적여 차 키를 꺼내든다. 술붕어와 함께 촛대바위로 갔다. 바다를 향해 정물처럼 앉아 있는 사람, 멀리서 보니 조각상 같았다. 노인이었다. 인사를 하려고 다가가는데 술붕어가 옷소매를 잡는다. 잠시만 그냥 두라며 눈을 찡긋해 보인다. 아들의 흔적을 찾아 하루도 거르지 않고 촛대바위를 찾는다고 했다. 자세히 보니 막걸릿병이 보인다. 새끼고양이 두 마리가 노인 주위를 어슬렁거리다 눈이 마주치자 바위 아래로 도망치듯 사라진다. 장례식 날 보았던 그 고양이들이다. 한참을 그렇게 앉아 있던 노인이 일어나 갈 채비를 한다. 술붕어와 내가 다가가자 깜짝 놀란다. 그동안 마음고생이 심했는지 그새 몇 년은 더 늙어 보였다.

"아니 자네들이 웬일이야. 우리 철수 보러 왔는가?"
"네, 이제 보내줘야죠. 어머니가 그랬잖아요. 죽은 사람은 죽은 사람이고 산 사람은 살아야 한다고."
"서두를 거 없네. 내일이면 보내기 싫어도 보내야 하니까. 에미가 오면 오는 걸 아나 가면 가는 걸 아나."

노인의 넋두리가 파도 소리에 묻힌다. 종이컵에 막걸리를 따라 개철수가 낚시할 때 앉았다던 바위 위에 올려놓고 두 손을 모았다.

"철수가 무척 좋아하겠네. 찾아준 것만도 고마운데 이

렇게 막걸리까지……."

남은 막걸리를 셋이 나눠 마신 뒤, 내일 다시 오겠다는 인사말을 남기고 그곳을 빠져나왔다. 노인을 태우고 바닷가를 달렸다. 해안가 바위에 무리 지어 앉아 있는 갈매기들이 눈에 들어온다. 모두 한 방향에 머리를 두고 앉아 있다. 뒷좌석의 노인도 운전석의 술붕어도 아무 말이 없다. 먼저 침묵을 깬 사람은 술붕어였다.

"어머니 걱정 마세요. 군대 동기도 있고 제가 자주 찾아뵐게요."

멀리 빨간 등대가 보인다. 파도가 물보라를 일으키며 다가왔다가 비명을 지르며 달아난다. 노인은 여전히 아무 말이 없다. 얼떨결에 끼어들어 발을 못 빼는 나 역시 할 말이 없다. 그냥 여기 이 아름다운 풍경화 속의 화소로써 내가 존재한다는 게 신기할 뿐이다.

오후 두 시의 친절한 이웃

이선우

2015년 《영남일보》 신춘문예로 등단. 소설집 『바람은 불고 싶은 데로 분다』 『오후 두 시의 친절한 이웃』이 있음. 김승옥문학상 신인우수상, 한국소설작가상, 인천예술 공로상 수상. woo9694@hanmail.net

오후 두 시의 친절한 이웃

 노인은 급하게 고개를 창으로 돌렸다. 창밖을 주시하는 눈동자가 불안하다. 회백색 스포츠머리 아래 자글거리는 노인의 얼굴에 잔잔한 경련이 인다. 인기척은 사내가 아니고 눈보라를 동반한 세찬 바람이라는 것을 알고 보행보조기 손잡이를 거머쥐었던 깡마른 손을 뻗어 요동치는 심장을 지그시 누른다. 노인은 사내가 오지 않는 시간이 길어질수록 어떤 일의 전조 같아 더욱 불안해졌다.

 다시 아랫도리가 묵직하더니 뭔가가 흐른다. 어제 먹은 우유가 화근이었다. 배가 아픈 뒤로 혹시 하는 마음에 들여다본 우유 유통기한은 닷새나 지나 있었다. 보행

보조기에 의지한 몸은 마음 같지 않아 화장실로 가는 동안 똥이나 오줌이 힘없이 샜다. 오늘만 해도 아침부터 두 차례나 속옷을 갈아입었다.

노인은 화장실을 다녀온 뒤 보행보조기에 몸을 밀착하고 안방으로 갔다. 안방도 밖의 싸늘한 온도와 별반 다르지 않았다. 침대 위에 널브러진 옷가지를 한편으로 밀치고 풀썩 주저앉았다. 노인은 목욕탕에서 넘어져 엉덩이뼈에 철심을 박은 뒤로 바닥에 앉는 것이 불가능해져 일인용 침대를 구입했다. 의사는 걸을 수 없을 거라고 확언했다. 이렇게라도 걸을 수 있는 것만도 천운이라 생각하자 노인의 얼굴에 안도의 미소가 잠깐 스쳤다.

다치기 전 노인은 빈 땅에 푸성귀도 심고 남의 집 농사도 도왔다. 사내가 나타나 일상에 균열을 만들지 않았다면 그럭저럭 살 만했다.

노인은 천천히 움직여 바지 벨트를 풀었다. 바지가 깡마른 장딴지를 타고 방바닥으로 흘러내리자 벨트에 붙은 금속음이 정적을 흔들었다. 흘러내린 바지에서 두 다리를 차례로 빼고 똥을 지린 팬티를 벗었다. 물휴지를 뽑아 아랫도리 구석구석을 닦았다. 노인은 거동이 불편한 이후 손쉽게 빼서 쓸 수 있는 물휴지가 죽은 아내의 손길처럼 더없이 고마웠다. 찬 물휴지가 아랫도리를 스칠 때마다 노인은 진저리를 치며 두 손으로 자신의 바짝 쪼그라든 성기를 감쌌다. 어린애 것만도 못하다니, 냉수마찰로 하루를 시작했고 오줌줄기도 세찼던 지난날을 떠올렸다. 아내의 속살만 스쳐도 아랫도리가 묵직해왔었다. 좀도둑을 때려눕혔던 기억도 끌려나왔다. 그때가 일흔 서넛이었다. 그때만 해도 살아있다는 것에 감사했고 살고 싶다는 욕망이 솟구쳤다. 이 모든 것이 불과 삼 년 전 일이었다.

노인은 신발 집게로 집은 팬티에 소름이 오소소 돋은 두 다리를 차례로 넣고 엉덩이 양쪽을 번갈아 들썩이며 바지를 추켜올리고 벨트를 채웠다. 바지 허리춤에 생긴 잔주름을 내려다보자 당혹스러웠다. 수술 전까지 잘 맞던 바지였다. 노인은 잔주름투성이인 허리춤이 어그러지고 쪼그라든 자신의 인생을 보는 것 같아 콧김을 길게 뿜어냈다.

노인은 거실로 나와 성에를 손바닥으로 문지르고 밖을 내다봤다. 들녘에 쌓인 눈은 자신의 불안한 심사와 상관없이 평화로워 보였다. 노인은 손이 닿지 않는 등을 안간힘을 다해 긁적이다 말고 깜짝 놀라 보행보조기에 몸을 붙였다.

창, 창, 창, 현관문 두드리는 소리가 들렸다. 급할 것 없다는 듯 일정한 간격으로 두드리는 소리는 사내가 확실했다. 노인은 습관적으로 벽시계를 올려다보았다. 오후 두시였다. 재가 요양보호사가 돌아가는 시간을 꿰뚫고 있는 사내는 오후 두시면 문을 두드렸다. 노인의 얼굴이 삽시간에 창백해졌다. 시곗바늘을 꺾어놓고 싶다는 생각이 불끈 솟았다. 노인은 얼마 전부터 사내가 나타나는 오후 두시 언저리에 오줌을 지렸다. 수 분간 미동 없이 섰던 노인은 갑자기 터져 나온 기침 때문에 새우처럼 등을 굽히고 기침이 멈추기를 기다렸다. 절대 포기하고 돌아가지 않을 사내를 너무도 잘 아는 노인은 현관문 손잡이를 천천히 비틀었다.

사내는 현관문을 열어젖히고 안으로 저벅저벅 걸어 들어와 자신의 어깨와 머리에 쌓였던 눈을 툭툭 털었다. 눈송이가 마룻바닥으로 화르르 날렸다. 사내의 행동이 새삼스러울 것도 없는데 노인은 오늘따라 사내가 끌고 온 찬 공기에 압도당한 듯 눈알도 못 굴리고 정면을 빤히 바라보았다. 사내는 노인을 향해 아무렇지 않게 깊게 목례했다.

"어제는 제가 부득이 서울 갈 일이 있어서 못 왔습니다. 궁금하셨죠?"

사내는 우스갯소리를 던지듯 활기차게 말했다. 노인은 사내의 과장된 활기 속에서 차디찬 표정을 놓치지 않았다. 별말을 다 하네, 제발 돌아가 주게, 노인은 목구멍까지 나온 말을 억지로 삼켰다.

"제가 그저께 넣어 둔 술 좀 꺼내겠습니다."

노인은 심하게 떨고 있는 자신을 향해 괜찮을 거야, 다독였다. 그리고 잠시 후 큰 결심이라도 한 듯 입을 열었다.

"오늘은 얼굴 봤으니 돌아가게. 내가 몸살기가 있는지 미열이 있다네. 좀 쉬어야겠어."

"어르신 집인데 쉰들 누가 말리겠어요? 저 개의치 마시고 쉬세요."

잠시 얼굴을 찌푸리던 사내는 허공에 대고 간단히 대답했다. 사내는 매일 하던 대로 냉장고에서 소주와 두부부침, 계란말이를 꺼내 식탁에 벌렸다. 그리고 가스레인지 위의 김치찌개에 불꽃을 피웠다. 술상을 내려다보는 사내 얼굴에 만족한 미소가 번졌다.

밖은 좀 전과 달리 눈보라가 더욱 세차게 휘날렸다. 노인은 사내의 미소가 밖의 차고 사나운 날씨 같아 소름이 돋았다. 노인은 떨고 있는 자신을 감추기 위해 보조기를 힘차게 움켜쥐고 몸을 곧추세웠다.

노인도 사내가 반가울 때가 있었다. 아내가 죽은 뒤 한동안 미아가 된 기분이었다. 무엇을 먹어도, 어떤 일을 해도 비루해 보일 뿐이라고 생각했다. 집 안은 아내의 화장품 냄새 대신 쿰쿰한 냄새가 떠다녔다. 노인의 속옷은 누렇게 변했고 거실바닥은 얼룩이 생겨 윤기가 사라졌다. 개수대에서도 시궁창 냄새가 올라왔다. 치매를 앓기 전까지 자상하고 알뜰하게 아우르던 아내의 빈자리는 노인의 흉내로는 너무도 부족했다.

혈색을 잃어가던 노인은 활기 넘치는 누구라도 자신의 옆에 있었으면 하는 바람이 간절했다. 그 무렵 사내가 나타난 거였다. 사내가 가져온 푸성귀와 노인이 정성껏 준비한 밥과 차를 나누며 농사에 관해 얘기를 나누었다. 생기가 돌고 사람 사는 집 같아 추운 겨울날 이불을 덮은 듯 온기가 돌았다. 아내가 죽은 뒤 처음으로 맛보는 안온함이었다. 자식이 생긴 듯 든든했다. 더는 외롭지 않아도 될 것 같아 암울했던 일상에 빛이 되어준 사내를 보면 힘이 솟았다. 노인은 특별할 것 없는 음식이라도 나눠 먹고 싶은 마음이 저절로 생겼다. 심지어 사내가 오지 않는 날은 기다려졌다.

사내와의 관계가 깊어질수록 노인의 생각은 빗나갔다. 친절과 과묵함은 연출이었다는 듯 술에 취한 사내는 험상궂게 돌변했다. 술이 깰 때까지 냉장고 문을 여닫으며 빈 술병으로 식탁과 마룻바닥을 천천히 두드리고 돌아다녔다. 휴대하고 다니는 칼로 무나 고구마, 과일 따위를 뭉텅뭉텅 잘랐다. 그러다 칼을 눈앞에 들어 올려 엄지와 검지 손끝으로 칼날을 훑어 내렸다. 노인은 모든 것이 격 없이 대해준 자신 탓이라고 자책했다.

사내도 처음부터 주정뱅이는 아니었다. 중학교에서 아이들을 가르치다 귀농했다는 사내는 노인의 집 앞 밭에 사과대추 500그루를 심고 밭 귀퉁이에 컨테이너를 놓고 살았다. 4년 전 일이었다. 사내는 마을 사람들과도 임의롭게 잘 어울렸다.

사내가 키운 사과대추는 태풍을 동반한 강풍에 힘없이 떨어져 뒹굴었다. 첫 수확을 앞둔 가을이었다. 어린 나무 절반이 가지가 부러지고 뽑혀나갔다. 사내는 천재지변을 사람이 어찌 막을 수 있겠냐며 허허거렸다. 그리고 뽑힌 나무를 다시 심었다. 거짓말처럼 그다음 해에는 더 큰 태풍이 몰려와 어린 사과대추나무를 덮쳤다. 사내는 밭두렁으로 뽑혀 나뒹구는 회생 불가능한 말라가는 나무를 망연히 지켜보다 드문드문 서있는 나무까지 뽑아 팽개쳤다. 밭두렁에 떨어진 풋대추는 썩고 뭉크러져 냄새가 났다. 사내는 그때부터 자주 술에 취해 있었고 그가 키우던 뭉크러진 작물과 닮아갔다.

사내가 농부로의 꿈을 자연재해에 무참히 짓밟힌 뒤로 노인도 시무룩해졌다. 안쓰러운 마음에 색다른 음식이 있으면 사내와 나눴다. 사내는 반주로 시작한 한잔 술이 한 병이 되고 네댓 병으로 늘어갔다. 노인 집에서 쓰러져 다음 날까지 내쳐 자는 날이 늘었다. 잠은 제집에 가서 자라고 깨우는 노인을 향해 내뱉은 사내의 음습

한 말투와 날카로운 눈빛을 목도한 날의 공포는 지금껏 노인의 가슴에 각인되어 남았다.

술상 앞에서 사내는 노인을 휙 돌아봤다. 그럴 리가 만무하다는 것을 알면서도 사내를 기억에서 끄집어내 난도질한 것이 들통난 듯 노인은 소스라치게 놀랐다. 식사하시죠. 사내는 통보에 가깝게 한마디 던지고 자신의 잔에 술을 가득 따랐다.

"덜어먹지 않고 그게 뭔가. 냄비째 들고 와서 숟가락을 첨벙 담그고, 더럽게."

말을 하고 난 노인은 두려움에 다시 맥박이 빨라졌다. 빈 술병이 두 병, 세 병 늘어가면서 사내의 얼굴은 붉어지고 말은 꼬이기 시작했다.

"어르신도 숟가락 하나 들고 오시면 되겠네요. 오늘따라 눈발이 좆같습니다."

사내는 세워둔 검정 비닐봉지 깊숙이 눈길을 꽂고 봉지 표면을 손등으로 자르르 쓸어내렸다. 노인은 바로 뱉어냈던 말을 쓸어 담을 수만 있다면, 후회가 밀려왔다. 오늘만큼은 모진 말을 해서라도 돌려보내리라 다짐했던 마음은 사내 앞에서 점점 쪼그라들었다.

"그만 마시게. 취했네."

마음을 다잡고 입을 연 노인의 한마디는 사내가 들을 수 있게 한 말인지 의심할 정도로 작은 소리였다. 말을 뱉어낸 노인은 사내와 눈이 마주치자 자신도 모르게 몸을 움찔했다. 사내의 눈초리는 뭔가 잘못되어 가고 있다는 불길한 생각을 들게 했다. 노인이 본 사람 중에 술 취한 사내의 눈을 닮은 사람은 여태껏 보지 못했다. 노인이 다시 용기를 내 거칠게 한마디 던졌다.

"젊은이가 되먹지 못하게 매번 남의 집에서 술에 취해 행패를 부리면 쓰나. 이제 그만 일어나게."

사내의 침묵은 백 마디 말보다 노인을 허둥거리게 만들었다. 노인은 자신이 사냥개 앞에 선 어린짐승 같다고 생각했다. 차라리 마음대로 되지 않는 세상을 탓하며 어린양이라도 부린다면 잘될 거라고, 희망을 갖고 노력하라고 등을 토닥여줬을 것이다. 작은 것이라도 나눠 먹고 나눠 쓰면 될 일이었다.

"매번 이럴 텐가? 오늘은 그만 마시라는 말 못 들었는가?"

노인은 목소리뿐 아니라 몸도 부들부들 떨고 있었다. 사내는 빈 술잔을 뚫어지게 내려다보다 빈 소주병을 식탁 바닥에 탁탁 내려치기 시작했다. 노인은 자신이 방정맞게 입을 열었다고 후회했다.

"어르신, 저 너무 무시하지 마세요. 세상도 좆같은데 어르신까지 그러시면 안 되시지요. 안 그렇습니까?"

중저음의 사내는 욕까지 상대방에게 정중하게 들리게

하는 재주가 있었다. 사내는 연거푸 냉장고 문을 세차게 열었다 닫기를 반복했다. 현관문을 두드리는 리듬과 닮아 있었다. 일정한 리듬을 듣고 있자니 노인은 구토가 날 듯 속이 메스꺼워졌다. 냉장고 문에서 나는 소음과 식탁 두드리는 소음 강도가 점점 세지는 동안 노인은 차라리 자신을 한 대 때리고 사라졌으면 바랐다.

"어르신이 생각해보세요. 제가 사온 술, 얌전히 마시는 걸 행패라고 하시면 되겠습니까?"

노인의 턱밑에서 사내의 힘이 들어간 붉은 눈동자가 뒤룩거렸다. 술주정을하다 지치면 방을 차지하고 누울 것이다. 노인은 오늘만큼은 다른 날처럼 당하지만은 않을 것이라 생각하며 주먹을 불끈 쥐었다.

아직도 죽음이 두려운 게냐? 이 나이에 뭘 겁내는 것이냐, 노인은 침울한 표정으로 떨고 있는 자신에게 마음속으로 따지듯 묻고 또 물었다.

처음에 사내가 들고 온 술의 명분은 노인을 대접하기 위한 것이었다. 해수병이 지병인 노인에게 술은 독약과 같다고 했던 의사의 말을 표정까지 흉내 내며 정중히 거절했다. 술을 냉장고에 두고 가겠다고 우기던 사내는 며칠 후 산낙지를 들고 와 소주 병목을 돌려 땄다. 노인은 그때만 해도 예의 바른 젊은이라는 생각에 안주 될 만한 것을 냉장고에서 몽땅 꺼내줬다. 그런데 언제부턴지 매번 술을 들고 와 냉장고를 뒤져 안주될 만한 것을 꺼내 펼쳤다. 노인은 사내가 하는 행동이 일반적이지 않아 불편했지만 관계가 비틀릴까 염려되어 참았다.

지금 같은 외딴집이 아닌 아파트였다면 이웃이 무서워서라도 사내의 행패는 없었을 것이다. 당장 아파트로 이사 갈 수 없는 형편으로 만든 딸 내외를 생각하면 괘씸하고 원망스러웠다.

사위가 하던 사업이 어렵게 됐다며 딸이 찾아와 노인의 연금을 잠시 빌려 쓰자고 사정했다. 명분은 빌려 쓰고 곧 갚겠다고 했지만 협박에 가까웠다. 하나뿐인 딸 내외가 돈 냄새를 맡고 덤비는데 거절할 도리가 없어 연금을 일시불로 돌린 것이 화근이었다. 사위 사업이 건재하다는 말도 잠깐, 아예 사기혐의로 감방까지 갔으니, 노인은 그때 일은 떠올리기조차 싫었다. 그나마 빚잔치 전에 딸이 발 빠르게 아파트를 팔아 자신은 작은 빌라로 옮겨 앉고, 노인에게는 지금의 외딴집을 헐값에 사 새 유리창을 달고 간신히 매달려 있는 현관문을 바꿔줬다. 마음뿐이네요. 딸은 매번 죄인의 형상으로 황급히 전화를 끊었다. 서울 어느 번화가에서 빌딩 청소를 하러 다닌다고 들었을 뿐 얼굴조차 잊을 정도였다.

사내는 술병을 반복해서 마룻바닥에 또르르 굴리기

시작했다. 떨어진 술을 내놓으라는 신호였다. 사내는 본인이 다 먹어 치웠다는 것도, 노인이 나가서 사올 형편이 아니라는 것도 잘 알았다. 노인은 치켜뜬 사내의 눈을 피하지 않았다. 사내에게 약해진 모습을 보이면 안 된다고 마음을 다잡으며 사내를 돌려보낼 방도를 생각했다. 사내는 비틀거리며 자리에서 일어나 양팔을 벌리고 제자리에서 빙글빙글 돌다가 엎어지면 다시 일어나 돌았다. 술값을 건네받기 전에는 하던 짓을 멈추지 않을 것임을 알기에 노인은 자신의 바지주머니에서 만 원짜리 한 장을 꺼내 사내에게 건넸다. 술을 사러 나간 사내가 다시 돌아와 현관문을 두드릴 것은 분명했다. 오늘만큼은 절대 열어주지 않겠노라 다짐하며 세상과 단절하듯 문을 잠그고 걸쇠를 채웠다. 그리고 사내가 흰 눈밭 위를 비틀거리며 멀어져 가는 창밖을 망연히 바라보았다.

사내가 두고 간 검정 비닐봉지가 노인의 눈에 들어왔다. 사내는 얼마 전부터 술이 모자라거나 기분이 언짢으면 검정 비닐봉지를 눈에 띄게 만지작거렸다.

"갖고 있는 게 대체 뭔가?"

"어르신한테는 필요치 않은 것이니 신경 쓰지 마세요."

사내가 신경 쓰지 않아도 된다니까 더 신경이 쓰였다.

어디에 쓰는 것인지 궁금했지만 알 필요 없다는 것을 구태여 돋보기를 쓰면서까지 보는 것도 노인한테는 용기가 필요했다. 어느 순간부터 그저 술병이려니 생각하니 마음이 편했다.

그것이 농약병이란 걸 알게 된 것은 사내가 술에 취해 쓰러져 있는 동안 방문한 사회복지사의 입을 통해서였다.

"이것 때문에 어르신이 공포를 느끼시는데 위험한 것을 왜 갖고 다니세요?"

"몇 그루 남은 유실수에 주려고 사오다 들러서 그렇습니다."

사회복지사의 물음에 사내는 얼굴빛 하나 구기지 않고 대답했다. 차분하고 정중하기까지 했다.

"자네 제발 내 집에 안 와줬으면 좋겠네. 아주 불편해."

노인은 사회복지사가 옆에 있어 마음 놓고 속엣말을 꺼냈다.

"어르신 상태를 보세요. 제가 어르신한테 뭔 짓을 할까 봐 걱정입니까?"

사내는 어이없다는 듯 양어깨를 으쓱거렸다. 거동이 불편한 노인을 위해 자신은 조력자가 되어준 죄밖에 없다고 겸손하게 조아렸다. 귀신같은 놈, 노인은 속으로 읊조렸다.

사내는 서두르는 법도, 말로 엄포를 놓지도 않았다. 문이 열릴 때까지 같은 간격으로 두드렸다. 맨 정신의 사내는 그래도 괜찮았다. 만취의 사내는 현관문 여는 시간에 따라 반응이 달랐다. 길게 기다리게 한 날은 농약병을 식탁 위에 올려놓고 노인을 불쾌하게 만들 계략으로 침대에 벌렁 누웠다. 비교적 빨리 문이 열린 날은 마루에 누워 잘근잘근 대상 없는 욕지거리를 조용히 해댔다.

그것이 농약병이지 알고 난 뒤로도 노인은 자신의 집에 왜 그것을 들고 오는지 따져 묻지 못했다. 사내 눈빛으로 충분한 대답을 들었기 때문이었다.

사회복지사와 행정복지센터 민원실 역시 한결같은 대답으로 일관했다.

"점잖으신 분 같던데요? 농약을 사가지고 오던 중에 어르신 댁에 들렀다고 저랑 같이 들으셨잖아요? 어르신 적적하실까봐 자주 오시는 고마운 분이던데, 너무 예민하게 생각하지 마세요."

노인에게 돌아오는 것은 까다롭고 배은망덕한 늙은이란 눈초리만 돌아왔다. 그 뒤 노인은 전화하는 것을 멈췄다.

가끔 만나는 집배원에게도 사내에 대한 속마음을 어렵게 꺼냈다. 그래요? 그렇게 안 보이던데요. 평소 사내의 참한 인상 때문인지 건성으로 대답했다. 오히려 엄살이나 피우는 늙은이란 눈빛을 읽은 뒤로 그 짓도 그만뒀다. 사내는 노인에게 보냈던 냉정한 눈빛을 다른 사람 앞에서 교묘히 감추는 방법을 알고 있었다.

노인은 자신의 불안한 심사를 아무도 궁금해 하지도, 믿으려 하지도 않는다는 것이 사내보다 더 무서웠다. 모두가 늙고 병든 자신에게 등을 돌렸고, 자신이 설 곳은 아무 곳도 없다는 생각이 공포로 덮쳤다.

노인도 사내와 사회복지사의 말대로 농약을 사오는 중에 자신의 집에 들어온 것이라고 믿으려했다. 다음 날 어느 시골 마을에서 부부가 농약을 넣은 음료수를 먹고 죽었다는 뉴스를 봤다. 범인은 친분 있는 동네 사람이라고 했다. 그 뒤로 노인은 자주 들고 오는 사내의 농약병은 자신을 위협하고 급기야 헤칠 수도 있다고 믿게 됐다.

노인은 사내가 검정 봉투를 들고 온 날은 사내의 기분을 건드리지 않으려고 애썼다. 애쓰면 애쓸수록 울화가 치밀었지만 알 수 없는 힘에 끌려 더욱 비굴해졌다. 그리고 술값도 주고 숨겨놨던 불고기도 내놨다.

노인은 사내가 아직 돌아오지 않는 것이 기이했다. 햇살이 비치는 곳만 유리창의 성에가 녹아 만들어진 원으로 밖을 내다보려는 순간 안을 들여다보는 사내의 검은 눈동자와 마주 쳤다. 노인은 소스라치게 놀라 뒤로 한 발짝 물러났다. 심장이 요동치기 시작했다. 잠시 후 사내의 눈동자가 사라진 원 안에 현관문을 가리키는 사내의 검지가 나타났다. 노인은 주체할 수 없이 빨라지는 심장을 움켜쥐고 보조기를 움직여 안방 침대에 풀썩 주저앉았다. 가정용 호흡기를 입 가까이 대고 가쁜 호흡을 몰아냈다.

창, 창, 창, 사내는 일정한 간격으로 현관문을 두드렸다. 노인은 언제까지 사내에게 휘둘릴 수는 없다고 생각했다. 차라리 그놈 손에 죽어도 오늘만큼은 꼭 되돌려 보내리라 두 주먹을 불끈 쥐었다. 노인은 호흡이 안정되자 현관문 두드리는 소리를 듣고 싶지 않아 양손바닥으로 귀를 힘껏 덮었다.

노인은 사내가 술에 취해 하는 행동을 옆에서 지켜보지 않은 사회복지사와 주민자치센터 상담사의 일반적인 말을 떠올리자 다시 울화가 치밀었다.

거동이 불편하고 연고자가 없는 순서로 차례가 온다는 가톨릭재단의 보호시설에서 입소를 허락하는 연락을 받은 날은 더 담담하려 애썼다. 노력일 뿐이었다. 베로니카 수녀는 오랜 시간 노인을 설득했다. 시설에 가면 혼자가 아니어서 외롭지 않을 것이라는 말도 했다. 기댈 곳 없어 몸도 마음도 지치고 외로운 노인들이 서로를 거울처럼 들여다보고 위로하며 지내게 될 것이라는 거였다. 사내를 보지 않아도 된다는 것은 다행한 일이지만 노인은 고개를 저었다. 거울 속을 들여다보듯 스러져가는 자신과 같은 노인들을 마주보며 사는 것 또한 지금 못지않게 우울할 거라고 생각했다. 구부정하고 불편한 걸음걸이, 아픈 곳도 비슷할 것이고, 방마다 비슷한 신음 소리가 날 것이었다.

노인은 아내처럼 내 집에서 죽을 수 있기를 희망했다. 내 집에서 죽는다면 혼자 떠난다 해도 두렵지 않을 것 같았다. 그러나 노인의 옆에는 속을 알 수 없는 사내가 포진하고 있다는 것이 문제였다.

얼마가 흘렀을까, 노인은 상념을 떨쳐내듯 보조기를 잡고 침대에서 벌떡 일어났다. 창을 통해 본 먹색 하늘은 언제까지고 걷히지 않을 것처럼 보였다. 순간 현관문 두드리는 소리가 다시 들렸다. 노인은 매번 소스라치게 놀라는 자신이 더 놀라웠다. 두드리는 소리는 사내의 것과 달랐다. 노인을 부르는 소리로 봐서 분명히 사내는 아니었다. 비틀어 연 현관 밖에는 사회복지사가 서 있었다. 노인은 안도의 숨을 내몰았다.

"어르신, 무슨 일 있으세요? 종일 전화를 안 받으시기에 둘러볼 겸 왔습니다."

큰길에 차를 세워놓고 걸었다는 사회복지사가 현관

밖에서 머리와 어깨에 쌓인 눈을 털고 들어섰다.

"추운데 기다리게 해서 미안하구려. 그런데 밖에 누구 없었소?"

"매번 그런 말씀하지 마세요. 거동이 불편하시잖아요. 그리고 밖에 아무도 없던데요, 누구 기다리세요? 아, 젊은 분 기다리시는군요."

노인은 사회복지사가 진심으로 사내를 자신의 조력자로 믿고 있다고 생각했다. 노인은 방전된 휴대전화를 충전기에 꽂았다. 사내에게서 걸려온 스무 통이 넘는 통화 목록을 보면서 노인은 족쇄를 차고 있다고 느꼈다. 이놈이 왜 나한테 이러는 게야. 이 나쁜 놈이. 노인은 가라앉지 않는 화를 어찌하지 못하고 중얼거렸다.

"길도 미끄러운데 뭘 일부러 예까지 왔는가. 잘 알겠으니 따뜻한 차라도 한 잔 마시고 가시게."

"괜찮습니다. 늦기 전에 돌아볼 데가 많아서요. 오늘 같은 날은 밖에 나오시면 절대 안 됩니다. 넘어지시면 큰 변 당하세요. 오늘은 젊은 분이 안 보이시네요? 바늘에 실처럼 옆에서 돌봐주시더니."

노인은 사회복지사가 사라진 험상궂은 밖을 망연히 바라보며 다시는 봄이 찾아오지 않을 것 같다는 막연한 생각이 들었다. 노인은 딱히 배가 고픈 것도 아니지만 배가 부르지도 않았다. 꼭 먹고 싶은 것도 없고 먹기 싫은 것도 없는, 먹는 것이 큰 고충이었다. 노인은 싱크대 앞에서 해야 할 것을 잊은 사람처럼 오래도록 서 있다 가스레인지 불을 켰다. 시퍼런 불꽃이 일순간에 솟구쳤다. 불꽃이 자신을 덮쳐버릴 것 같아 주전자를 올리고 주춤 뒤로 물러섰다. 노인은 불 앞에서 매번 놀라는 자신이 싫었다.

삼 년 전 죽은 아내는 노인과 반대로 불만 보면 덤벼들었다. 장식장 위에 세워 둔 나무 십자고상을 시퍼런 가스레인지 불꽃에 그슬리며 아내는 웃고 있었다. 하필 예수님이 십자가에 매달려 못 박힌 형상의 십자고상을 태우다니, 왜 하필 십자고상이냐고 노인은 묻지 못했다. 아내는 이미 인지 능력이 없는 상태였다. 노인은 십자고상에 묻은 그을음을 닦고 아내가 찾을 수 없게 서랍 깊숙이 넣었다. 아내를 화장실로 데려가 닦아 주다 말고 노인은 다시 바닥에 주저앉았다. 아내의 사타구니 옷 위로 검붉은 피가 선명했다. 분명 아내의 음부에서 흘러나온 피였다.

병원에서는 자궁경부암 말기라고 했다. 방사능 치료와 약물 치료로 기력이 소진되어 가는 아내의 항암 치료를 중단하게 한 것은 노인이었다. 그리고 아내를 죽을 때까지 보살핀 것도 노인이었다.

노인은 죽은 아내를 생각하면 자신이 더 큰 고통을 받

다 죽어도 마땅하다고 자책했다. 죽어가는 아내 앞에서 자신이 겪는 고단함을 더 중하게 여겼다. 뭐든 쉽고 간편한 쪽으로만 몰고 갔다. 뭐가 먹고 싶은지, 어디를 가고 싶은지, 알고 싶지 않았다. 그냥 끼니를 때우게 하는 데 급급했고 치매환자에게 간절한 것은 없다고 생각했다. 때때로 아내 얼굴을 마주보면서 아내가 죽고 난 뒤 자신의 편안한 삶을 상상했다. 그때가 아내 나이 예순 후반이었다.

남들은 치매에 걸리면 밖으로 나간다는데 아내는 어디든 숨었다. 방문을 잠그고 옷장의 옷을 가위로 잘게 잘랐다. 이불장의 이불도 잘라 방안 가득 솜뭉치가 날아다녔다. 얼굴과 몸에 솜이 붙어 솜뭉치 같은 아내가 방그레 웃었다.

노인은 아내가 세상을 떠나던 날도 오늘처럼 먹색 하늘에서 눈이 펑펑 쏟아지고 바람이 세찼다는 것을 기억했다.

잠깐 집을 비운 사이였다. 노인이 장롱문을 열자 솜이 화르르 달려들었다. 아내는 장롱 안에서 이불을 가위로 잘게 자르고 솜뭉치를 뒤집어쓰고 죽어 있었다. 아내를 생각하니 다시 정리되지 않는 막연한 회한으로 복잡해졌다.

노인은 점점 세차지는 창밖의 눈발을 멍하니 바라보

다 물이 끓어 와글거리는 주전자로 눈을 돌렸다. 주전자 물이 자신을 대신해서 신음하고 있다고 생각했다. 누룽지를 대접에 담고 끓는 물을 붓고 부드러워지기를 기다렸다.

어느 순간 노인의 눈에 부엌 창밖에서 검은 물체가 지나가는 것이 보였다. 아무리 성에가 끼었어도 분명 검은 물체였다. 노인은 다시 두려움이 엄습했다. 누룽지에 물을 부었다는 것도 잊은 채 들었던 수저를 부엌바닥에 떨어뜨렸다. 저놈이 왜 나한테만 저 짓을 할까, 다른 곳에서는 온순하다고 칭찬받는 놈이 왜 하필 나한테만. 어느 순간 긴 그림자가 유령처럼 스치더니 성에 낀 유리창에 입김을 불어 동그랗고 투명한 원을 만들고 들여다보는 사내의 성난 눈동자와 마주쳤다. 노인은 붉어진 얼굴로 뜨거운 주전자 물을 부엌 유리창에 냅다 뿌렸다. 성에가 가시고 남자 얼굴이 또렷이 창문에 양각처럼 드러남과 동시에 으, 사내의 외마디 비명이 들렸다.

"이놈 썩 없어져."

노인은 사내를 향해 소리쳤다. 창밖의 사내 얼굴이 일그러졌다. 노인의 고함을 명확하게 들은 듯 보였다. 노인은 사내의 일그러진 얼굴을 더 마주할 용기가 없어 황급히 부엌을 빠져나와 방으로 숨어들었다.

노인은 쌓인 눈이 무거워 곧 부러질 것 같은 나무로

눈길이 갔다. 오늘만 해도 얌전히 내리던 눈이 눈보라로 바뀌기를 여러 번 반복했다. 노인은 변하는 날씨가 젊어서 휘돌아치던 자신을 보는 것 같았다.

직업군인으로 방방곡곡을 옮겨 다녔다. 딸이 친구를 만들 사이도 없이 전학을 다녀야 했고 아내는 관사와 전방 산동네를 전전하느라 마음 줄 이웃도 사귀지 못했다. 관사에 사는 동안 남편의 계급을 따져 아내들도 무언의 상하관계가 만들어졌다. 무던한 아내는 적응 잘하고 잘 지냈다.

노인도 처음부터 직업군인이 되려한 건 아니었다. 군대를 제대하면 아버지가 하던 구두 만드는 가업을 이을 생각이었다. 지문이 없어지고 접착제 냄새가 자욱한 가게 뒤편 공장 재봉틀 앞에서 일생을 살아온 아버지는 뇌출혈로 쓰러져 돌아가셨다. 그때 노인은 직업군인으로 방향을 바꿨다.

노인은 황혼에 지금과 같은 비루한 삶이 될 줄은 상상도 못했다. 앞으로 자신의 삶도 밖의 회백색 날씨와 다르지 않을 것이라 생각했다.

노인은 자신이 사내를 완벽하게 쫓아냈다는 생각에 팔자주름이 깊은 입가에 미소가 번졌다. 그놈도 두려운 것이야. 노인은 자신감이 솟았다. 부엌으로 가 냉장고에서 김치를 꺼냈다. 어차피 육류나 마른반찬은 도둑고양이처럼 드나드는 사내가 모조리 먹어치웠다. 어르신은 반찬을 많이 드시네요. 아침만 해도 재가요양보호사가 노인을 의아하게 바라봤다.

노인은 누룽지탕을 훌훌 마셨다. 뜨거운 것이 들어가니 후들거리던 몸이 진정되는 듯했다.

프라이팬에 밥을 얇게 펴 은근한 불에 오래 구우면 누룽지가 만들어졌다. 누룽지는 밥맛이 없어도, 약을 먹어야 할 때도 요긴했다. 아내가 하는 것을 눈여겨보고 배운 것인데 노인은 누룽지탕을 뜨끈하게 마실 때마다 잘 배워뒀다고 생각했다.

사내가 술에 곯아떨어질 때까지 문을 계속 두드릴 거라는 노인의 생각은 적중했다. 창, 창, 창, 노인은 기겁을 해 보조기에 무너지듯 몸을 기댔다. 무엇보다 자신이 일부러 문을 열지 않는다는 것을 사내도 충분히 알게 됐다는 것이 검정 봉투 속 농약보다 두려웠다. 이제 와서 문을 열어준다 해도 바짝 약이 오른 성난 사내가 독을 품은 독사처럼 덤벼들어 마침내 자신은 서서히 죽임을 당할 것이 분명하다고 믿었다.

세상이 멈춘 듯한 적요를 뚫고 기침이 터져 나왔다. 자신의 기침 소리에도 놀라는 것에 부끄러움이 솟구쳤다. 한기가 몰려왔다. 바닥에 앉지 못하는 노인은 삼단 서랍장 가장 밑에있던 잠바를 신발 집게로 꺼내 입었다. 그리고 보자기에 싸놓았던 절반은 타고 없어진 십자고상을 꺼내 품에 꼭 끌어안았다. 바짝 마른 낙엽처럼 켜켜이 쌓여 있는 누런 월급봉투도 꺼냈다. 아내가 모아놓은 것이었다. 돈을 뺐다 넣었다 수없이 망설였을 아내의 굵은 손마디가 떠올랐다. 딸아이 입학식과 졸업식 사진 안에서 아내가 웃고 있었다.

노인은 신병일 때를 떠올렸다. 칠흑 같은 어둠속에서 구덩이를 파고 들어가 총을 겨누던 시절이었다. 어둠은 시산을 심거버리고 소리를 뱉어냈다. 자연의 소리를 누가 아름답다고 했던가. 어둠은 존재하는 모든 소리를 공포로 만들었다. 야간 산악전술훈련은 청년의 패기로 견뎠다 해도 어둠과 대치하고 선 보초병의 졸음은 죽음과 바꾸는 일이었다. 노인은 떨쳐버릴 수 없는 지금의 공포와 신병 때의 공포가 닮았다고 생각했다.

노인은 잠긴 현관을 다시 확인한 뒤 집 안을 구석구석 훑어 나갔다. 창으로 가 손바닥으로 빛을 가리고 밖을 내다봤다. 갑자기 사내의 눈동자가 나타날 것 같아 급하게 창가에서 뒤로 물러났다. 아직도 두려움에 휘둘리는 자신이 잔망스럽다고 생각했다.

어르신 집은 외진 곳에 있어 죽어나간다 해도 아무도 알 수 없는 곳입니다. 붉은 습기를 먹은 눈동자를 굴리며 사내가 자주 하는 말이었다. 소설책을 읽듯 공손한 말투지만 음산한 눈빛까지는 감추지 못했다. 사내의 낮고 음침한 목소리를 떠올리자 걸쇠가 제대로 걸렸나 다시 확인하고 싶어졌다. 걸쇠는 단단히 걸려 있었다. 걸쇠도 사내의 느닷없는 출현에 겁을 먹고 달아놓은 것이었다. 노인은 반복하는 자신의 행동을 보며 불규칙하게 뛰는 심장을 지그시 눌렀다.

창, 창, 창, 현관문 두드리는 소리가 다시 들렸다. 소리로 보아 사내는 몹시 술에 취한 듯했다. 노인은 다시 호흡이 가쁘고 맥박이 빨라졌다.

"문 여세요. 좋게 말할 때 여시라고요. 약 올리면 어르신만 위험해집니다."

노인은 보조기를 움직여 안방으로 도망쳤다. 인공호흡기를 입에 대고 숨을 고르는 동안 노인의 어깨가 심하게 들썩였다. 날카로운 기침 소리는 벽으로 날아가 꽂혔다. 노인은 호흡기를 내동댕이치고 불에 타다만 십자고상을 꼭 끌어안고 주문을 외우듯 기도했다. 주님, 당신의 종 요셉을 불쌍히 여기시어 구원하소서. 불쌍히 여기시어 구원하소서. 불쌍히 여기시어 구원하소서. 기도는 기침 소리 사이사이에 섞여 방안으로 퍼져 나갔다.

노인은 장롱문을 열었다. 솜뭉치로 변했던 죽은 아내의 모습이 떠올랐다. 노인은 재빨리 장롱문을 닫고 화장실로 숨어들었다. 화장실은 유일하게 불빛이 밖으로 나가지 않는 곳이었다. 잠깐 안도하는 동안 노인은 다시 터져 나온 기침 소리가 밖으로 새어나갈까 두려워 자신의 입을 손으로 틀어막았다. 얼마가 흘렀을까, 기침도 잠잠하고 사위도 고요했다.

다시 현관 두드리는 소리가 들렸다. 이놈이 나를 피 말려 죽일 작정이구먼. 이놈을 그냥, 노인은 사내가 자신을 가지고 논다고 생각했다. 노인의 얼굴은 흥분과 초조로 얼룩졌다. 모두에게 내성적이고 순종적인 사내가 유독 자신 앞에서 마음 놓고 나폭해지는 것은 세상 누구도 자신의 일상에 관심이 없다는 것을 알고 있기 때문이라고 생각했다. 순간 끌어안은 불에 탄 십자고상이 마치 아내의 손길이 되어 자신을 토닥이는 것 같았다. 어서 나가 사내에게 맞서라고 용기를 주는 듯했다.

그래, 그놈을 내 손으로 잡아 요절을 내고야 말겠어. 노인은 한순간 이해 못 할 오기가 치솟았다. 뒤뚱거리며 보행보조기를 밀어 현관으로 갔다. 노인은 현관문에 건 걸쇠를 풀다 말고 야릇한 신음 소리에 다시 멈칫했다. 걸쇠를 잡은 손끝이 미세하게 떨렸다. 현관문 틈을 통과한 바람 소리인 것을 확인하고 다시 걸쇠에 손을 얹었다. 노인은 누군가가 말려주기를 바라는 듯 두리번거렸지만 벽지에 군데군데 핀 곰팡이 자국만 보일 뿐이었다.

어느 순간 노인은 자제력을 잃은 듯 걸쇠를 풀고 현관

문 손잡이를 돌렸다. 세찬 눈보라가 노인을 향해 달려들었다.

"이놈 어디 갔어. 어서 나타나지 못해, 내가 너를 무서워할까봐? 천만에 이 망측한 놈 같으니."

보조기를 움켜쥔 노인의 손이 부르르 떨렸다. 사내는 보이지 않았다. 그러면 그렇지, 내가 무서워서 도망친 게야. 노인이 떨고 있는 것은 추워서만은 아니었다. 알 수 없는 후회로 인한 전율이었다. 중얼거리는 노인의 말에 답이라도 하듯 칼바람이 볼을 때렸다.

노인은 심호흡을 해도 도무지 화가 가라앉지 않았다. 기침을 토해낼 때마다 몸이 휘청거렸다. 노인은 이제야 금속에 벤 듯 아린 발을 내려다봤다. 맨발이었다. 노인은 집 안으로 들어가기 위해 보행보조기를 옮겨놓고 종종걸음으로 발짝을 떼었다. 몇 발짝 떼는 사이 오목한 곳에 쌓인 눈을 밟은 노인은 짧은 비명과 함께 균형을 잃고 눈 위로 고꾸라졌다. 노인은 눈 속에 처박힌 보조기를 향해 손을 뻗었지만 닿을 수 있는 거리가 아니었다. 몸을 뒤척일수록 눈은 옷 속으로 파고들어 피부를 도려내는 듯했다. 노인은 일어서 보려고 한참을 버둥거렸지만 통증만 느껴질 뿐 할 수 있는 일이 아무것도 없었다. 노인은 서서히 고개를 치켜들어 눈밭에 묻혀 간당거리는 부러진 나뭇가지를 바라보다 다시 눈 위로 고개를 떨어뜨렸다. 그리고 논바닥에서부터 불어오는 칼바람이라도 자신을 옮겨놔 줬으면 하는 어림없는 생각을 하며 쓸데없는 객기를 부린 자신을 책망했다.

눈보라는 깡마른 노인의 젖은 몸 위에 두텁게 쌓여갔다. 노인은 사내가 더이상 버티지 못하고 간 것은 자신이 두려워서가 아니라 혹독하게 불어오는 눈보라 때문일 거라 생각했다. 이럴 때 사내라도 와줬으면 싶지만 오늘은 더이상 사내의 방문은 없을 것임을 노인은 잘 알고 있었다.

소주 일곱 잔에 보내는 갈채

문 광 영
문학평론가/경인교대 명예교수

20주년, 〈소주한병〉의 농익은 결실에 갈채를 보낸다. 〈소주한병〉이 있어 인천문단, 굴포문학회가 에펠탑처럼 우뚝 솟아 있다. 일곱 잔의 소주, 일곱 색깔이 빚어내는 농밀한 이야기의 맛은 개성만큼이나 문체가 다르고, 사상이 다르고, 소설관이 다르다.

소주 한 병에서 일곱 잔의 소주가 나온다. 그래서 늘 이들 멤버는 7명이다. 소주의 알코올 도수는 20도에 불과하지만, 이들은 주정酒精에 가까운 높은 도수의 문학적 끼를 발산한다.

술과 소주, 이들의 멤버가 되려면 일단 술을 마실 수 있어야 한다. 그리고 두 달에 한 번은 작품을 써서 합평

회에 제출해야 한다. 그러지 못하면 기십 만 원의 범칙금이 부과된다. 작품을 써서 기한 내에 제출하는 풍토는 정착된 지 오래다.

Milan Kundera가 '작가는 말이 아닌 작품으로 말한다'고 했다. 이를 실천하듯 〈소주한병〉 멤버들의 작품 활동은 왕성하다. 그렇게 20년의 세월이 흘렀고, 이를 맞이해서 특집을 낸다고 한다. Alexis Zorba가 명상 속에서도 활기찬 기쁨의 춤을 추었듯이, 한잔 두잔 일곱 잔의 주인공들을 음미해 본다.

김진초 열 권의 소설책을 펴냈다. 가끔 엉뚱해서 아일랜드나 마다카스카르 여행비를 마련하기 위해 담배를 끊고, 죽음 체험을 위해 기꺼이 관뚜껑을 열고 들어간다. 그녀는 〈학산문학〉 주간을 비롯한 여러 문예지의 편집장을 맡아 활발한 문학 활동을 하고 있다. 리더쉽도 강하다. 그녀의 소설들은 모두 리얼하고 재미있다. 작가의 성정만큼이나 카리스마 넘치는 개성적 캐릭터의 등장, 역동적인 사건의 전개와 반전의 효과 등 흥미진진한 실감미를 맛본다. 일상 소재에서 얻은 비범한 착상은 특유한 그녀만의 상상력과 구성력으로 개성미 있게 내용을 건사하고 문장을 요리하는 능력 때문이다. 그럴사한 이야기에, 매혹적인 문장에 이끌려 가끔은 인질로 잡혀가기도 한다. 그러면서도 현실 인식을 관통하는 소설적 해석의 촉수는 매우 날카롭다.

이목연 모두 여섯 권의 소설책을 출간했다. 그녀는 영성지수가 높은 불자이면서도 인문학이나 뇌과학 등 지적 욕망이 강한 작가다. 그래서 그녀의 소설을 읽거나 일상적 대화를 나누다 보면 남다른 지성의 인드라망에 곧잘 걸려든다. 그녀의 소설 쓰기에서 주인공들은 자기 존재의 분신이기도 하며, 자기 극복의 과정이요 지평이기도 하다. 지극히 사소하고 평범한 일상을 다루지만, 세밀한 관심을 통해 주인공의 삶에 드리워진 균열의 지점들을 각인시키고 뒤돌아보게 만들어 일상의 변화를 이끈다. 이러한 치열한 문제 제기에서 인생의 비의祕義를 건져 올려 농밀한 이야기로 풀어내는 능력은 범상치 않다. 그 농도는 무겁지만 경쾌하고 때로는 조곤조곤 부드러우면서도 따뜻하게 우리를 끌어안는다.

신미송 두 권의 수필집과 한 권의 소설집을 냈다. 현실 인식이 냉철한 컬럼니스트로 활동하는 소설가다. 그러면서도 예술기행 수필을 쓰는 등 다방면에 조예가 깊다. 그녀의 서사에 드러나는 등장인물은 개성적이고 다채롭다. 특히 고투하는 인물을 내세워 현실의 다양한 모습과 구성의 반전 등 역동적으로 이야기를 전개한다. 타자의 고통 앞에서 관망할지, 어떻게 공감할지 등 머뭇거리게 한다. 그렇게 고뇌와 시련, 슬픔과 분노, 진실과 허위, 우울과 웃음 사이를 따라가다 보면 후련한 카타르시스를 느끼거나 성찰의 계기도 만난다. '향기 나는 사람, 가슴 따뜻한 글을 쓰고 싶다'는 작가다. 그런 우연과 필연의 대립적 상황 내지 양가성의 어조에는 늘 그녀의 자존감이나 자아정체성이 깊게 깔려있음을 목도한다.

양진채 네 권의 소설책과 두 권의 산문집을 펴냈다. 한가위처럼 환하게 달이 떠오르면 '달로 간 자전거'를 찾아 떠날 듯싶다. 인천을 소재로 한 작품이 많은데, 그만큼 애향심이 강하다. 인천의 역사, 지리, 풍물에서부터 살아온 뿌리 의식에 이르기까지 다채롭게 작품화한다. 문화 콘텐츠의 기획이나 추진에서도 순발력 있는 행동을 보인다. 그녀는 여타의 시인보다 시를 많이 읽는다. 그래서인지 소재 선택부터 이야기를 꾸려가는 상상력도 발칙하고, 구성력도 탄탄하다. 게다가 사유의 힘은 깊고 날카롭다. 더불어 명증한 문장에 감성적 촉수로 교직하는 미적 감각의 눈썰미도 뛰어나다. 짧은 이야기에 긴 여운을 담아내는 '스마트 소설'이란 새로운 장르에 도전, 작품집을 냈고 스마트 소설상을 수상하기도 했다.

해외에 수출해도 손색이 없다.

구자인혜 한 권의 수필집과 두 권의 소설집을 냈다. 그녀는 두 개의 대학원을 이수할 정도로 학구열이 강하다. '慈仁慧'라는 이름은 법명이다. 불가적 사유에 뿌리를 두어서인지 그녀의 서사들은 곧 삶의 수행이고 실천이다. 우리는 상실과 갈등, 번뇌 등 아물지 않은 내면의 상처를 안고 살아간다. 이러한 평범한 인생사의 고뇌와 욕망을 터치하면서, 이들의 상처를 치유하고 승화하는 과정을 여실히 담아낸다. 그래서 그녀의 소설에는 늘 절망에 무너지지 않고 새로운 희망을 부여잡는 인간 생명의 실존적 힘을 부단히 노래한다. 무명의 공간에서 '깨움'이란 의미 있는 시간의 여정을 보여주면서 결말은 또 늘 새로운 시작이라는 것을. 그러한 끝이며 시작은 또 다른 인연의 윤회로서, 깊은 시선의 울림은 맑고 섬세하다.

정이수 한 권의 수필집과 두 권의 소설집을 냈다. 요즘 노마드nomad 인생을 사는지, 출사족出寫族이 되어 성지순례 하듯 풍물 사진 찍기에 바쁘다. 그녀의 단편 작품들에는 저마다 개성 있는 캐릭터가 등장한다. 마치 사진이나 회화에서 콘트라스트로 대비 효과를 살리듯 인물이나 사건을 상반되게 배치하고 날렵하게 이야기를 이끌어 간다. 사소한 에피소드들의 연결에서 투철한 작업 정신이 보이고, 유의미하게 인과 관계를 연결하는 소설적 구성도 역시 리드미컬하다. 특히 치밀한 묘사에 더불어 구수하고, 역동적인 말투가 빚어내는 탄탄한 문장 구사력도 감칠맛 난다. 게다가 곳곳에서 발견되는 해학과 유머의 문장 구사는 읽는 재미를 더하고, 흡인력 있게 독자의 호기심을 자극한다.

이선우 두 권의 소설집을 냈다. 그녀의 소설 쓰기란 일종의 소설 테라피therapy요, 자기 구원 행위이다. 심신의 어두운 터널을 극복하려는 자기 반영적 소설 쓰기가 상처를 보듬고 치유하는 계기가 되고, 또 큰 위로를 받는다고 했다. 그래서인지 생의 와중에서 생긴 심신의 균열이나 소외, 관계의 고립 등 순간의 이야기들이 잔잔한 울림으로 다가온다. 그녀의 작품에는 외롭고 소외된 인간을 보듬는 따뜻한 성정이 섬세하게 녹아 있다. 이러한 극복 의지 내지 깊은 승화로서의 소설 공간은 독자로 하여금 이행적 경험을 체득, 공유하게 만든다. "내 소설이 누군가에게 위로가 될 수 있다면, 잠깐이라도 공감을 한다면, 고맙고 행복하겠다."라는 작가의 기대처럼, 삶의 깊이에서 끌어올린 따뜻한 포용력의 성정을 읽는다.

〈소주한병〉이 지어내는 저마다의 이야기들은 허구가 아니다. 고집멸도苦集滅道하는 우리 내면의 자화상이고 현실이자, 새로운 지평이다. 그만큼 소설 속에 등장하는 다채로운 이야기며, 개릭터만큼이나 7인 각색의 소주잔으로, 일곱 색깔 띠로 발산하는 무지개들이다.

  이들은 동아리지만, 저마다 삶의 방식, 작품관, 성정이나 취미, 문장의 맛이 판이하다. 단지 공통점은 하나다. 풍류의 상징으로 술을 즐긴다는 것, 그리고 소설을 쓴다는 것이다. 이런 차이성 속의 핍진적 생성이 빚어내는 앙상블의 극치라고나 할까. 깨지지 않고 똘똘 뭉쳐 끈질기게 이야기를 펼쳐낸 여전사들의 황홀한 결실, 7인에게 아낌없는 박수갈채를 보낸다.